TOUJOURS UN RÊVE D'AVANCE

GÉRARD KLEIN

Toujours un rêve d'avance

Avec la collaboration de Gérald Basseporte

MICHEL LAFON

À Françoise

I

AU BONHEUR DES PAUVRES...

J'aime cette route qui conduit de Houdan — où je réside quand je travaille dans la région parisienne — à Blesle, au cœur de l'Auvergne, où je passe une autre partie de ma vie lorsque je ne suis pas en tournage. Je ne sais pas au juste combien de fois j'ai pu l'emprunter par tous les temps et à toutes les saisons ces dernières années, mais je ne m'en lasse pas. Elle traverse de magnifiques paysages. Il suffit de prendre l'autoroute en direction d'Orléans, de laisser défiler Vierzon, Bourges, Limoges, puis Clermont-Ferrand et Issoire. Sortie 22, Espalem, Blesle. C'est tout droit. 491 kilomètres dont 479 sur autoroute, quatre heures trente en temps normal...

Aujourd'hui, le trajet sera un peu plus long. J'ai en remorque la BMW toute neuve de Victor Novak, « l'Instit », dont je suis le plus proche correspondant, celui qui le connaît le mieux sans doute sur cette planète, et je ne veux pas prendre le risque d'abîmer sa moto. Elle est d'un bleu profond et Victor l'attend pour les deux nouveaux épisodes que nous allons tourner en ce mois d'août 2001 dans les Charentes, près d'Angoulême, *Aurélie* et *Main dans la main.*

En fait, on m'a livré une première BMW au mois de juin. Elle était noire, un engin magnifique et puissant, le seul luxe de Victor, j'ai envie de dire son seul défaut, car il m'irrite un peu, parfois, tant il est parfait... Seulement j'ai dû la faire changer car, dans cette teinte, la laque était si profonde qu'elle aurait reflété toute l'équipe pendant les prises de vues. Rien qu'au soleil c'était un vrai miroir, alors sous les projecteurs...

J'ai d'abord pensé la chevaucher moi-même jusqu'à Blesle, mais la route est longue quand on est seul. La moto ça se partage, il faut rouler de conserve pour être bien, ou alors faire étape, mais je n'en ai pas le temps. Là-haut, à Védrines, à quelques kilomètres au-dessus de Blesle, il y a mon troupeau de Salers, des bœufs superbes dont l'élevage ne connaît bien entendu ni week-end, ni vacances.

J'en ai tant rêvé, de cet élevage, quand j'étais jeune ! Pendant l'été, je courais toutes les fermes des environs de Montmirail, dans la Marne, et je restais des heures devant les troupeaux. La ferme que j'exploite aujourd'hui n'est pas un caprice de « vedette » ou de Parisien en mal de retour à la terre, c'est la concrétisation d'un rêve d'enfant, fait de respect et de passion pour un métier, et pour des animaux qu'on ne côtoie plus comme autrefois.

Au sortir de l'autoroute, il reste une dizaine de kilomètres à parcourir sur une route sinueuse qui ne cesse de s'élever. Bientôt, c'est le Relais du sanglier, la station-service de la concession Peugeot à l'entrée de Blesle. Une affaire de famille : la mère à l'administration, le père et le fils à l'atelier — des experts en mécanique — et un joli coup de volant pour le fils qui court en rallye avec pas mal de succès.

On pénètre dans le village par la rue des Forges, une placette, un café, virage à droite en côte et c'est le Vallat, avec les quatre tours rescapées des fortifications du XVIIIe siècle. Elles étaient huit à l'origine, mais elles furent mutilées au XVIIIe siècle et les fossés comblés forment aujourd'hui une allée bordée de platanes qui mène à une fontaine et donne à la rue un faux air de Provence.

Juste avant la fontaine, sur la gauche, derrière la dernière tour couverte de lierre, j'aperçois les volets bleus de La Bougnate, l'hôtel-restaurant que nous avons créé, Françoise et moi — elle surtout. Un car de touristes est arrêté devant l'établissement. J'y reviendrai tout à l'heure signer des autographes à la gloire de Novak.

À présent la route devient sauvage. Encore neuf kilomètres de virages et de lacets dans un paysage de montagne où bientôt, après un dernier carrefour, nous serons presque seuls. La route est devenue étroite, la rivière joue au torrent entre les arbres qui s'accrochent sur les pentes vertes et abruptes. La vue se dégage soudain. Nous voici sur le plateau. Les pâturages ondulent à l'infini. Les balles de foin attendent, roulées en sentinelles, le moment d'être rentrées. Au loin un tracteur est à l'œuvre, seul signe de vie avec le vent qui fait bouger les herbes.

Un panonceau blanc à lettres noires indique Védrines sur la droite. Cette fois on ne peut plus croiser un autre véhicule sans que l'un des deux ne mette ses roues sur le bas-côté. D'un coup d'œil habitué mais pressé, j'embrasse ce domaine que

L'Instit m'a permis d'exploiter. En cette fin d'après-midi où il fait encore chaud, le troupeau est près de l'eau, sous les ombrages de la forêt. On ne voit pas les bêtes mais je les entends, je les sens. Les bâtiments de la ferme se dressent sur la gauche. L'immense construction de la stabulation masque le corps de ferme proprement dit. Bientôt la route s'arrête dans l'herbe. On ne peut plus qu'admirer le paysage avec, à l'horizon, la masse grise des monts d'Auvergne, puis repartir d'où l'on vient.

Quelque part, ici, c'est le bout du monde. Mais chaque fois, paradoxalement, cette route que je connais par cœur et que j'aime transporte mon esprit et mon cœur en d'autres lieux, là où tout a commencé, sur les chemins de mon enfance.

⁂

Je suis né en octobre 1942 dans la maison de mes grands-parents maternels, à Romilly-sur-Seine, derrière la ligne de chemin de fer. C'était un petit pavillon sans caractère, comme il en existe beaucoup, une maison de pauvres, serrée contre les autres. Mon père se prénommait René et ma mère Andrée, Andrée Destenay de son nom de jeune fille. J'étais le deuxième enfant du couple. Simone, ma sœur, m'avait précédé deux ans plus tôt. J'aurais sans doute dû naître dans une clinique, mais en raison de l'Occupation, de l'urgence, ou parce que mes parents n'avaient pas les moyens, l'accouchement s'est fait à domicile.

J'aimais beaucoup mes grands-parents maternels, avec lesquels j'ai passé une bonne partie de ma petite enfance. Je me trouvais bien chez eux. Avec ma grand-mère Mélie, nous partagions de beaux moments de complicité, et ce n'est pas un hasard si la première fille que nous avons eue, Françoise et moi, porte son prénom. Grand-père Fernand était garagiste de son état, un homme intéressant, bon vivant, avec, comme on disait à l'époque, un « caractère »... Pas agressif, plutôt bougon. Il fallait éviter de le déranger, en général et à table en particulier.

Ma mère m'a raconté qu'un jour, il y a de cela bien longtemps, un homme particulièrement distingué, bien habillé, très courtois, s'est présenté à la maison pendant le déjeuner.

— Excusez-moi de vous déranger. Vous êtes monsieur Destenay ? demanda-t-il à mon grand-père.

— Oui, c'est moi.

— Voilà. Je suis le baron de Stenay, et j'essaie de rassembler toute la famille. J'ai fait des recherches et il se trouve que vous êtes mon cousin : le baron Fernand de Stenay.

Mon grand-père, nullement impressionné, ne l'a pas laissé aller plus loin.

— Ça va bien comme ça ! Ça ne m'intéresse pas. Je suis en train de manger. J'ai autre chose à faire.

Les possibilités de dialogue se trouvant d'emblée annihilées, le baron a salué courtoisement et s'en est allé sans un mot de plus, comme il était venu, de sorte que nous ne saurons jamais si ma mère est ou non d'origine aristocratique.

Le grand-père Fernand n'avait pas toujours été garagiste. Avant de s'établir mécanicien « à son compte », selon l'expression du moment, il avait été pendant de nombreuses années chauffeur chez

Dupré, un grand nom de la bonneterie et du tissage du coton que tout le monde connaît encore aujourd'hui à Romilly. Il conduisait une belle voiture et, comme il s'y connaissait très bien en mécanique, l'envie lui est venue de monter un petit garage avec son fils Jean, le frère de ma mère.

J'ai peu de souvenirs anecdotiques de ma petite enfance. Me reviennent plutôt des images, des odeurs et des sons. La lumière, le soleil, la campagne, la nature, une sensation particulière de l'environnement. Le crissement des graviers du jardinet entouré de thuyas où je jouais aux soldats de plomb, l'odeur grasse et métallique du garage de mon grand-père, le bruit des outils sur le métal, la manière dont ils résonnaient, les coups de marteau qui couvraient mes questions. J'aimais aussi l'ambiance des fermes alentour, les senteurs fortes et douces des étables et des vaches, et les meuglements du troupeau.

***

J'avais sept ans quand mes parents sont partis avec nous s'installer à Montmirail, dans la Marne. Ils avaient pris un commerce. Mon père vendit d'abord des postes de radio puis, plus tard, les premières télévisions, et de l'électroménager. Ma mère l'aidait et tenait la boutique dont la vitrine attirait l'œil sur ces nouveaux trésors. Moi, je préférais la campagne environnante. Dès que j'en avais l'occasion, je me baladais dans les champs, et je me suis mis à envier les paysans qui élevaient des vaches. Le métier de cultivateur-éleveur était très différent de ce qu'il est aujourd'hui. Il n'y avait pas encore beaucoup de machines, les batteuses et les appareils à traire commençaient tout juste à faire leur apparition. Les moissons, les vendanges, la cueillette des fruits, le ramassage des pommes de terre, la récolte des légumes se faisaient encore à la main. Les hommes et les femmes de la famille travaillaient aux champs et, la saison venue, de nombreux saisonniers venaient les rejoindre dans une ambiance chaleureuse, infiniment plus conviviale que celle qui règne aujourd'hui. La mécanisation a remplacé beaucoup d'hommes et a changé le mode de vie du monde agricole : on ne parle pas et l'on ne rit pas à quatre ou cinq comme à vingt ou trente. Pour faucher le blé sur les dizaines et les dizaines d'hectares nécessités aujourd'hui par la culture intensive, il faudrait cent cinquante hommes si l'on voulait respecter les délais actuels. Ils ne sont plus là. Cela ne sert à rien de le regretter, mais cela n'empêche pas la nostalgie de ce temps où les gars partageaient le travail, le pain, le rire et les chansons.

Pendant les vacances estivales, nous retrouvions parfois mes grands-parents maternels. Je me rappelle un été — ce devait être en 1949, j'avais sept ans —, où j'ai fait une curieuse expérience. Nous étions partis tous les quatre, mes parents, ma sœur et moi avec grand-père et grand-mère. Mon père avait une camionnette, un des tout premiers tubes Citroën tôlés qu'on avait mis six mois à lui livrer. C'était l'époque où l'on passait commande au Salon de l'auto, en octobre (le salon était annuel). La production se remettait en marche, mais les perturbations dues à la guerre étaient encore sensibles et il n'était pas rare de devoir attendre la livraison jusqu'à l'été.

Mon père et ma mère avaient pris place à l'avant, mon grand-père et ma grand-mère étaient assis derrière sur deux chaises attachées avec des cordes, ma frangine et moi étions allongés dans le fond, sur des couvertures. Une véritable expédition.

Je ne sais plus au juste où nous sommes allés, mais j'ai engrangé là l'un de mes plus vifs souvenirs : l'odeur d'une décharge... Je me la rappellerai jusqu'à la fin de mes jours ! Les décharges, en ce temps-là, représentaient la pêche au trésor. Les brocanteurs et les ferrailleurs de tous horizons visitaient régulièrement ces amas de gravats, de fer, de matelas, de tissus, d'objets de toute nature dont les propriétaires s'étaient débarrassés. Il n'y avait aucun déchet alimentaire et donc aucune odeur de pourriture. Juste des rats et, surtout, un feu qui était l'âme de la décharge et la signalait immanquablement aux initiés. Les flammes surgissaient du tas de ferraille pendant une heure ou deux, puis ne restait que la braise. Apparemment. Car en dessous, le feu pouvait couver des années durant, et cette combustion lente dégageait un parfum particulier, reconnaissable entre tous, qui me saisit ce jour-là dès que nous fûmes sur le chemin de la décharge. Un chemin un peu en altitude et, au bout, cette masse fumante dont tous les trésors n'étaient pas consumés. Mon père s'exclama : « Regarde ! », comme s'il me désignait une merveille de la nature. Je me dis qu'il y avait sûrement quelque chose à glaner là-dedans, et nous nous sommes mis à fouiller...

Nous avons fini par faire toutes les décharges des

environs avec un ami de mon père, « le grand Guy », ferrailleur à Montmirail. J'y ai passé des moments magiques, découvrant des objets rares, des outils, des tableaux. Ce fut là ma première approche du monde de la brocante.

Le reste du temps, pendant les vacances, je restais le plus souvent à Romilly, chez mes grands-parents maternels. J'aimais bien aider mon grand-père à servir l'essence. On utilisait ces pompes à main que l'on ne voit plus maintenant que dans les films des années cinquante, ou qui servent de décor à des cafés branchés. Au-dessus du fût, sous le disque portant la marque du pétrolier, deux bocaux de verre translucide faisaient office de vases communicants. Tout en pompant on regardait monter le carburant ambré qui moussait un peu. À la fin de la journée, la fatigue se faisait sentir. Le métier demandait de bons muscles.

Je voulais apprendre aussi la mécanique, mais mon grand-père me disait :

— C'est bien trop compliqué pour ton âge. Écoute déjà le moteur... Là, tu entends ce qui ne va pas. Il te dit tout.

Très vite j'ai su reconnaître les bruits, le claquement des culbuteurs, celui des soupapes, l'aspiration du carburateur, le sifflement de la pompe à eau et celui d'une prise d'air. C'est vrai qu'on entend tout ! Même sur un moteur moderne bourré d'électronique, on peut encore faire des diagnostics à l'oreille. Grand-père Fernand, qui se rappelait son métier de chauffeur et avait un permis où il était inscrit « autorisation de conduire des voitures à pétrole », avait entrepris mon éducation de futur conducteur. Il me faisait des recommandations comme si, du haut de mes neuf ou dix ans, j'allais prendre le volant le lendemain.

— Quand tu conduiras, me disait-il, conduis pour les autres, en fonction des autres. Dis-toi toujours que le bonhomme qui est devant peut s'arrêter brusquement. Sans que tu comprennes pourquoi il peut faire un tonneau, il peut tourner à droite, à gauche, reculer... Pense à ceux qui sont autour de toi.

Ses conseils ont toujours été judicieux. Je l'ai aimé, et je le regrette encore. Je devais avoir vingt-trois ans et je travaillais déjà quand il a quitté ce monde. Dans l'escalier, quand on a descendu le cercueil, son corps a bougé avec un bruit sourd. C'était encore plus impressionnant que de le voir sur son lit de mort. Mais nous avions partagé de tels moments de vie ! C'était l'essentiel.

*
**

J'ai suivi tout le premier cycle scolaire chez mes parents, à Montmirail. J'ai passé mon certificat d'études primaires en sixième, et il faut croire que j'avais bien travaillé puisque j'ai été reçu premier du canton, ce qui m'a valu de recevoir un prix. Pour me récompenser, mes parents m'ont acheté une bicyclette bleue ! Un vélo que j'avais longtemps convoité en passant devant la vitrine du marchand de cycles. J'allais pouvoir abandonner ma vieille patinette. Pas une patinette à pédale ; ça, c'était un truc de riche. Une trottinette toute simple avec laquelle je faisais des kilomètres ! Mais rien à voir avec le vélo, bien sûr. Mes parents venaient de m'offrir la liberté. J'en profitais à fond, je me gorgeais de vitesse, le vent dans les oreilles. Comme tous les garçons de mon âge, j'avais fixé sur la partie arrière du cadre une pince à linge avec un carton qui, convenablement orienté dans les rayons, faisait un bruit de moteur tout à fait convaincant.

Un jour, je roulais en chantant à tue-tête, tout en tapant en mesure avec ma pompe à vélo sur la roue avant. J'étais penché sur le guidon et à un moment donné, j'ai mis la pompe dans les rayons. C'est un truc particulièrement stupide que l'on ne voit que dans les dessins animés. Et pourtant, je l'ai fait. Je me suis cassé la figure en beauté ! Ce fut sans doute ma plus somptueuse gamelle, mais ni la première, ni la dernière. Ça ne m'a pas empêché d'en rire.

De manière générale, je ne ratais jamais une occasion de rire. J'étais à bonne école avec mes parents. À tout bien considérer, le rire était une affaire de famille. Nous ne nous voyions pas souvent, avec les oncles et les tantes, mais à chaque fois nous en profitions pour faire la fête. Personne n'était en reste. Avec ma cousine Jeanine, nous avions mis au point quelques numéros et, comme de vieux cabots, nous jouions des silences, des mimiques et des répétitions jusqu'à faire s'esclaffer notre public.

Un texte de La Fontaine, *La Besace,* me tenait lieu de morceau de bravoure et me permettait d'assurer un triomphe. Mains dans les poches, j'annonçais le titre et le cirque commençait.

— « La besace... »

— Non, non ! s'écriait mon oncle. Recommence. Dis-le bien.

Que ce soit lui, mon père, ma mère ou ma tante, nous étions complices et je m'amusais presque à deviner lequel d'entre eux allait me demander de reprendre. Je reprenais donc.

— « La besace ! »

— Ah, là, c'est bien. C'est bien, mon gamin. Là, tu l'as bien dit !

— Bon alors je recommence. Taisez-vous... « La besace ! »

Tout le monde riait. Ça pouvait durer une heure. Peut-être aurais-je pu me contenter du titre. Faussement stoïque, je poursuivais néanmoins :

Jupiter dit un jour : que tout ce qui respire
S'en vienne comparaître aux pieds de ma grandeur :
Si dans son composé quelqu'un trouve à redire,
Il peut le déclarer sans peur ;
Je mettrai remède à la chose.
Venez, Singe ; parlez le premier, et pour cause...

Ils écoutaient de toutes leurs oreilles, tandis que je présentais la fable comme un gag. Du début à la fin, nous n'arrêtions pas de nous tordre, moi le premier, d'autant que j'oubliais toujours la fin du texte. À partir de « et pour cause », je n'étais plus très sûr de moi. Ils m'attendaient là et demandaient sur un air entendu :

— C'est comment, la fin, déjà ?

— Je ne m'en souviens plus...

Ma cousine venait à mon secours, elle me soufflait et je recommençais mon numéro :

— Attendez, je recommence.

— « La besace... »

Le jeu pouvait durer indéfiniment. Il s'arrêtait dans les larmes, quand nous étions à bout de souffle à force d'avoir trop ri.

Au fond, je crois que l'enfance est une période trop importante pour être vécue sérieusement. Elle est faite de beaucoup de parfums, de petites choses qui emplissent les yeux jusqu'à occuper tout l'espace, et de rires qui n'en finissent pas. Du moins est-ce la façon dont j'ai été amené à vivre la mienne. Quels que soient mes problèmes ou mes difficultés d'enfant, je ne me suis jamais laissé envahir bien longtemps par la morosité. C'est vrai, dans ma famille on ne lisait pas Sartre et personne ne parlait politique. En fait on parlait peu, on recherchait plutôt les occasions de s'amuser. On sortait de la guerre et la joie de vivre triomphait partout. Plus tard, les choses ont changé.

Avec mon père, en vacances, nous avons fait d'innombrables promenades en barque et d'inestimables heures de pêche sur un bras mort de la Seine, du côté de Saint-Just-Sauvage, aux confins du département, près de chez mon grand-père. Nous pêchions sur une barque de rivière au fond plat et au nez carré, peinte en rouge avec le dessous passé au goudron pour l'étanchéité. Ma sœur Simone et ma cousine Jeanine partageaient nos escapades. Mon père se montrait très habile à la godille et nous emmenait sans effort apparent à la découverte des paysages et des berges. Je me souviendrai plus tard de l'importance des promenades « explicatives » dans l'éducation des enfants.

Au cours de l'année, j'accompagnais seul mon père à la pêche. Nous partions de Montmirail à 3 heures du matin ou bien encore — si papa en avait la possibilité — la veille au soir, et alors nous dormions sur place dans un tout petit hôtel. Quelles que fussent les circonstances, nous étions amarrés au milieu de l'eau à 4 heures du mat' afin de commencer notre aventure avant le lever du jour.

Pour préparer les appâts, on prenait d'abord de la terre dans une petite carrière au bord de la rivière, puis mon père allumait les phares de la voiture. Comme il faisait nuit, les papillons et les éphémères aux ailes diaphanes venaient se jeter par centaines contre les projecteurs. On en récoltait des seaux entiers. Mon père appelait ça « la manne ». Avec cette manne mélangée à de la terre nous composions des boulettes que nous balancions au fond de l'eau. La terre un peu sablonneuse prise près de la rivière n'inquiétait pas les poissons qui s'approchaient volontiers des appâts. Nous, nous retournions attendre sur la berge que ceux-ci aient joué leur rôle...

Un peu plus tard, nous repartions. Cette fois, on amarrait la barque aux perches plantées au milieu du bras de Seine et, en évitant tout mouvement inutile ou brusque, on se mettait à pêcher au coup. Ça marchait d'enfer. On prenait des barbillons et souvent de très gros poissons. Mon père excellait à ce genre de sport. L'art de la pêche était pour lui comme un sixième sens. Il était pêcheur comme d'autres sont musiciens ou poètes. Bien entendu, c'est lui qui m'a donné le goût et l'envie de pêcher. Je me souviens comme si c'était hier du bruissement du vent dans les alignements de peupliers, de l'odeur des arbres, des poissons pris au piège...

Au début de l'après-midi, mon père faisait une sieste. Lorsqu'il était assoupi, je décrochais la barque que je laissais dériver en douceur. Le courant étant faible, l'embarcation se dirigeait lentement vers les joncs de la rive opposée. À plat ventre, le nez à trente centimètres de la surface de la rivière, je voyais l'eau devenir transparente à l'approche des hauts-fonds. Je pouvais alors à loisir observer les bancs de gardons qui défilaient, changeant de direction tous ensemble au gré de signes mystérieux, connus d'eux seuls. Je les regardais s'éloigner, fasciné, tout en respirant à pleins poumons la senteur des roseaux. De temps en temps, je m'arrêtais dans un herbier. Je laissais la barque se coincer. Je mettais ma ligne à l'eau et je prenais des poissons que je montrais fièrement à mon père au retour...

⁂

Après le certificat d'études, je suis resté à l'école de Montmirail, au cours complémentaire. M. Poillot, un « instit » épatant, nous y emmena jusqu'en troisième. Nous avions l'allemand en première langue, et c'est lui qui nous l'enseignait. Je lui dois sans doute de bien parler la langue de Goethe et d'avoir eu, jeune, le goût des langues étrangères et de la culture des autres pays.

J'ai manifesté très tôt, aussi, un tempérament de soignant qui devait me conduire quelques années plus tard sur les bancs de la faculté de médecine. Je ne sais pas pourquoi, mais à la récréation je soignais toujours tout le monde. Je m'occupais des bobos, je faisais les pansements, j'arrivais même à gérer les crises d'épilepsie ! Il y avait parmi nous un gamin atteint du « haut mal » et chacun s'éloignait, terrifié, quand il entrait en crise. Moi je restais avec lui et je faisais comme on me l'avait expliqué, pour éviter qu'il ne s'étouffe avec sa langue.

M. Poillot était un homme bon, qui aimait son métier et ses élèves. Il ne manquait pas d'humour et savait rire avec nous. Je me suis rendu compte assez vite que tous les enseignants n'étaient pas comme lui. D'abord ils ont peur du rire, qu'ils considèrent comme une arme dangereuse — ce qui au demeurant n'est pas faux. Plus les élèves sont grands, plus les professeurs redoutent leur rire. Je me souviens d'un certain M., professeur de mathématiques, qui me prenait par les cheveux et me tapait la tête sur la table quand j'avais eu l'audace de sourire.

— Pourquoi tu souris ? me demandait-il, persuadé que je faisais du mauvais esprit.

— Je souris, monsieur, je ne me moque pas de vous !

Et c'était vrai, mais à force de voir M. s'emporter devant la moindre face réjouie, nous finissions tous par piquer des fous rires inextinguibles. Et plus nous riions, plus notre complicité se renforçait dans ce rire, moins M. supportait. Il était tellement colérique qu'on entendait ses dents grincer. Nous cherchions à éviter les représailles, mais c'était sans espoir. Il arrivait par-derrière et nous donnait un grand coup sur la tête qui faisait vraiment mal. Mais ce qu'il préférait, c'étaient les gifles. Des claques terribles ! Il fallait mettre les mains dans le dos, et si l'on faisait mine de se protéger, il vous en remettait une. En bon prof de maths, il nous expliquait non sans un certain plaisir que : « Si tu avances ta main pour te protéger, je vais être obligé d'aller deux fois plus vite pour passer avant que ta main soit là, et tu auras quatre fois plus mal, parce que la douleur est proportionnelle au carré de l'augmentation de la vitesse. Deux fois plus vite, quatre fois plus mal. Trois fois plus vite, neuf fois plus mal ! Donc tu laisses tes mains dans ton dos. »

Présenté sous cet angle... On mettait les mains dans le dos et on attendait. On prenait alors de grandes claques dans la figure qui nous rejetaient la tête en arrière. On ne bronchait pas, mais on s'en souvient encore. De nos jours, une histoire comme celle-ci aurait fait des vagues. Les médias s'en seraient emparés. Il y aurait eu pas mal de monde pour faire un scandale...

C'est la même chose pour les affaires de pédophilie. Je ne crois pas qu'il y en ait davantage aujourd'hui que par le passé, mais on en parle. Alors qu'avant c'était la honte. Sauf chez ma mère et ma grand-mère ! Un jour que je revenais du catéchisme, elles m'ont trouvé un air bizarre.

— Qu'est-ce que tu as, mon gamin ?

— Rien !

— Si, tu as quelque chose !

— Eh bien oui. Frère Gaston m'a pris sur ses genoux et il a mis sa main dans ma culotte...

Elles se sont levées d'un bond et, sans un mot, se

sont rendues à l'église. Et ce n'était pas pour prier ! Je n'ai jamais su ni ce qu'elles avaient dit, ni ce qu'elles avaient fait, toujours est-il que frère Gaston a été déplacé une semaine après. Mais personne n'a parlé ! Pas la moindre allusion !

Si frère Gaston a été déplacé si vite, c'est bien parce que ma mère et ma grand-mère ne se sont pas posées en parents honteux, et sont au contraire montées au créneau avec toute l'énergie et la fermeté que la situation imposait à leurs yeux. Elles étaient d'ailleurs toutes deux prêtes à se battre physiquement s'il le fallait pour obtenir gain de cause. J'ai su plus tard qu'elles étaient même allées trouver le maire en personne !

Ces turpitudes mises à part, l'époque de l'immédiat après-guerre favorisait la communication entre les gens, et la joie était beaucoup plus palpable qu'aujourd'hui. Mon père sifflait et ma mère chantait, toute la journée, en travaillant. Ils n'étaient pas les seuls. La télévision n'existait pas encore, mais les chansons couraient les rues. Tout le monde fredonnait. C'est ainsi que, depuis ma plus tendre enfance, je m'éveille chaque matin avec une chanson dans la tête. Il me semble que chanter est une manière de régénérer mon cerveau, de vider ma mémoire de tout ce qui l'encombre. J'ai l'impression que ma mémoire s'autorégule, qu'elle se débarrasse de ce qui lui est désormais inutile et que mon cerveau fait de la place pour ce qui m'attend à vivre d'important.

Enfant, je n'avais pas conscience du mécanisme, bien sûr, mais je vivais déjà les choses comme cela.

Instinctivement, je vidais la poubelle. Je développais naturellement une grande capacité à vivre au présent, que j'ai toujours gardée. Je n'aime pas vagabonder dans les souvenirs. Quant à l'avenir, si je l'accroche toujours à un rêve, il ne m'empêche pas de rester solidement conscient de la réalité quotidienne. Le présent est exigeant : il est préférable de s'adapter au jour le jour. Enfant, je n'ai jamais essayé de réfléchir à une carrière, à un avenir, et je ne me suis jamais non plus attardé sur « avant ». J'ai préféré me laisser guider.

*
**

À quinze ans, après avoir obtenu mon brevet, je suis parti au collège d'Épernay pour continuer mes études et passer mon bac. Là, j'étais pensionnaire, ce qui ne me réjouissait pas outre mesure. Mais il y avait quand même du bon dans ce régime d'internat : on était tous habillés pareil. L'effet mode ne jouait pas, et l'effet marque n'avait pas encore été inventé. Il n'y avait pas de différences — ni riches, ni pauvres, tous la même blouse !

J'étais assez timide, ou plus exactement solitaire, ce qui ne m'empêchait pas d'avoir de bons copains et de rire le plus souvent possible.

Au début, c'est-à-dire en classe de seconde, nous étions quarante dans le premier dortoir et quarante dans le second. Ça faisait beaucoup. Mais on n'y pouvait rien, il fallait faire avec. La discipline était sévère. Godard, le surveillant général, se montrait particulièrement antipathique. Il n'avait pas de grandes capacités intellectuelles, mais il compensait par un solide fond de méchanceté. Il était négatif par tempérament, comme d'autres sont joyeux. Il aimait asseoir son autorité en usant de brimades diverses. On encaissait et on se taisait.

Je m'étais fait quelques bons potes dont Pierre Jacquet, un garçon originaire de Reims, qui s'était fait virer d'un peu partout pour cause d'indiscipline. Ses parents étaient des gens aisés, au contraire des miens, mais nous nous en moquions. Nous étions complices, rien d'autre ne comptait.

À cette époque, mes parents ont commencé à ne plus s'entendre et à se disputer sans arrêt. Ils ont fini par décider de divorcer. Le fait d'être en pension me protégea un peu de cette crise en me tenant à l'écart, mais pour ma sœur Simone, qui était toujours à la maison, la situation se révéla très lourde à supporter.

Pour ma part, à partir de ce moment, je ne suis plus rentré souvent à la maison. Je restais à Épernay où j'avais des copains, dont un pied-noir originaire d'Oran qui était mon correspondant. Le week-end, je dormais chez lui. Sa mère, adorable, faisait des couscous fantastiques. Je disposais d'une petite chambre et d'un lit, un véritable luxe dont je ne bénéficiais pas chez mes parents. J'étais là comme un coq en pâte et j'attendais le samedi avec une réelle impatience.

Je n'ai pas très bien passé l'année suivante, en première. Les événements familiaux devaient plus ou moins peser sur mon attitude et mes résultats. J'étais loin de la maison, mais mes parents divorçaient et je le savais. J'ai donc redoublé ma première. Rapidement, je me suis rendu compte que la deuxième année allait être beaucoup plus cool que la précédente. Je connaissais le programme et j'avais déjà effectué un tour de piste. La première et la terminale étant des classes mixtes, j'avais vite remarqué que les filles, mes copines, avaient des cahiers de cours très bien tenus, au contraire des miens. Et comme elles avaient toutes réussi leur première partie de bac, je leur ai demandé de me passer leurs cahiers. Grâce à eux, j'allais gagner un temps considérable.

Beaucoup de professeurs, encore maintenant, dictent les cours, sans commentaires. Au lieu de s'arrêter, de parler, de démontrer. Je trouvais ça nul, et je ne me privais pas de le dire.

— On n'est pas là pour copier, vous êtes là pour nous expliquer !

— Oui, c'est ça ! Taisez-vous, et faites ce que je vous demande !

Comme je possédais déjà les cours copiés, j'avais du temps et j'en profitais pour interpeller les profs, dans l'intérêt de la classe, naturellement !

— Attendez, là je ne suis pas d'accord du tout, il faudrait nous dire pourquoi vous affirmez ceci alors que...

Mon jeu consistait à interrompre le prof de philo qui avait la fâcheuse habitude de nous dicter son cours du début à la fin, point final. J'essayais de tenir deux heures à ce petit jeu-là.

— Klein, ma parole, vous le faites exprès pour perturber le cours ?

— Non, monsieur, c'est pour ne pas copier, déjà,

et puis parce que je ne suis vraiment pas d'accord avec vous.

Alors la discussion s'instaurait et le véritable cours commençait. En psychologie, je me sentais assez à l'aise pour faire rebondir les choses, mais lorsqu'il s'agissait de logique ou de morale, c'était beaucoup plus coton. Si j'arrivais à tenir mes deux heures, quand la cloche sonnait tout le monde applaudissait et le prof éclatait de rire. Mais je ne gagnais pas à tous les coups. Parfois il me ramassait en quatre mots : il était quand même bien mieux armé que moi... En tout cas, nos joutes semblaient lui plaire. J'ai oublié son prénom, je me souviens seulement qu'on l'appelait « le gangster », parce qu'il était habillé comme un dur de série noire, chapeau mou et grand imperméable. Quand on le voyait passer, on aurait dit Al Capone. Il lui manquait juste le flingue pour aller au bout du personnage.

Le prof de sciences naturelles, lui, avait été surnommé « Gobe-mouches », car il parlait en avalant les mots. Il nous appelait toujours « mes petits enfants », sans se rendre compte qu'on avait largement passé l'âge de la maternelle.

En terminale, j'ai choisi les sciences expérimentales dans le but de préparer médecine. Mais comme les choses ne s'arrangeaient pas à la maison, je n'avais pas très bon moral. De fait, je me trouvais mieux au lycée que chez moi, et peut-être inconsciemment, pour fuir cette situation pénible, j'ai manqué mes examens. J'ai donc dû redoubler, aussi, sciences-ex.

Là, mes parents ont enfin terminé de divorcer. Tout cela a duré trop longtemps. On n'avait pas le sou et ils auraient sans doute mieux fait de se partager le peu qu'ils possédaient plutôt que de le donner aux avocats. Dans un divorce, ce ne sont pas les couples qui gagnent, ce sont les avocats. Finalement, mon père est parti avec notre caravane blanche, celle de nos vacances, et avec la femme du garagiste. Elle s'appelait Mme Petit et comme Klein, en allemand, signifie « petit », je trouvais que la situation ne manquait pas de sel.

Il ne faut pas chercher beaucoup pour s'apercevoir que la plupart des gens ont redoublé une ou deux années pendant leur scolarité, souvent pour des raisons familiales. En fin de compte, je réussirai à passer grâce à mes notes en allemand. Jc le parlais couramment, grâce à M. Poillot, et puis les langues étrangères me passionnaient. À partir de la seconde, je me suis consacré à l'anglais. J'aimais découvrir les gens des autres pays, leur culture, leurs coutumes. C'est passionnant de leur poser des questions dans leur langue, de les regarder vivre, de comprendre comment ils font et pourquoi ils le font de cette manière.

Le professeur d'anglais s'appelait Robert Certelet, nous le surnommions Bob. Ce drôle de bonhomme nous a fait découvrir *Macbeth* et *Hamlet* — en anglais, bien sûr —, mais en le traduisant en argot. Grâce à cette approche, j'ai pris conscience que Shakespeare est un auteur beaucoup plus simple qu'on le croit. Comme le texte d'origine avait été écrit en vieil anglais, les adaptations avaient dû policer le vocabulaire. Il ne serait pas tout à fait exact de dire que la vieille Lady Macbeth s'exprimait comme un charretier, mais son langage était plus direct et singulièrement plus coloré sous la plume de Shakespeare que sous celle de ses traducteurs. Bob nous expliquait qu'en fait les traductions ne reflétaient pas fidèlement la pensée de l'auteur. Quand on lisait dans une version moderne « ce qui les a enivrés m'a mis en joie », c'était plutôt quelque chose du style « ce qui leur a bourré la gueule m'a filé la pêche » qu'il fallait décoder. Lady Macbeth devenait singulièrement plus humaine à nos yeux, plus familière. Par la suite, lorsque j'ai entendu des gens de théâtre parler du grand dramaturge, je me suis dit que la présentation de notre prof était plus proche de la réalité et que Shakespeare était un auteur beaucoup plus truculent que ce que l'on en avait fait au fil des interprétations.

À travers cette expérience, en tout cas, j'ai pris conscience de l'importance du langage et de l'usage des mots. On a en effet le choix entre ramener la réalité à des termes qui la décrivent « correctement », ou bien chercher à la rendre au plus juste, en utilisant des expressions qui la reflètent le plus fidèlement possible, même si elles ne sont pas convenables. Avec mes parents, mes grands-parents, les amis, mon oncle, ma tante, nous avons toujours fait usage d'un langage « incorrect », où des mots inappropriés, mêlés à l'argot, donnaient du relief aux choses. Il ne s'agit pas de faire ici l'apologie du laisser-aller et de la vulgarité, mais de témoigner d'une autre approche de la vie.

Mon père parlait verlan : il inversait les syllabes. Une maison devenait une « sonmai », une voiture, une « turevoi ». De nos jours, le phénomène s'est amplifié à tel point que les gamins inversent même les lettres. Autrefois, on n'aurait jamais dit la « rem » pour la mer, par exemple. Maintenant on ose. C'est ludique, c'est magique, c'est vivant, c'est super !

Toute ma vie j'ai entendu parler comme ça, et je me suis dit qu'il y avait un très grand décalage entre le peuple, des gens comme moi, et ceux qui nous gouvernent. Le langage des écoles n'est pas toujours exaltant pour les enfants. Parfois il les ennuie. Si Coluche a séduit autant de monde dans sa carrière, c'est que le grand public comprenait ce qu'il disait, et que ça le faisait rire. Or, encore une fois, le rire est une arme, et Coluche possédait l'arme fatale. Il n'est pas nécessaire de tuer physiquement un homme s'il est déjà mort de dérision.

•

Au lycée d'Épernay, nous étions une bande de copains bien soudée. Mustapha Bouchnafa, algérien ; Jean-Paul Baixas, pied-noir ; un Africain ; sans compter les immigrés européens. Notre dortoir, c'était Babel. Et aucun d'entre nous n'a jamais parlé de Juif, d'Arabe, de Noir, d'étranger.

« Staf » (Mustapha) évoquait pour nous son pays, son père qui était juge, sa vie de famille, les coutumes, les naissances, les mariages, les morts, l'importance, chez lui, de la parole donnée. Puis c'était au tour de Jean-Paul, de moi et de chacun d'entre nous, au fil des jours. Nous nous écoutions avec attention, respect, amitié et curiosité. L'un de nous était originaire de la campagne profonde ; il fauchait encore à la main au temps de la moisson. Un jour il s'est entaillé sévèrement un pouce et il nous a expliqué l'origine de cette blessure que nous avions tous remarquée mais dont nous n'avions pas voulu lui parler, par pudeur.

D'année en année, nous avons vécu ainsi comme des frères. Nous étions tous pensionnaires, nous partagions la même vie et nous étions solidaires les uns des autres. Et je persiste à croire, malgré les dérives dramatiques de certains mouvements, que l'on peut arriver à vivre ensemble, quelles que soient les origines des uns et des autres. L'humanité est une, et toute schizophrénie qui s'emparerait d'elle se révélerait mortelle pour chacun.

J'ai retrouvé cet état d'esprit beaucoup plus tard à la Réunion, où les gens se moquent de leurs origines européenne, indienne, chinoise ou africaine : « Ne vous cassez pas la tête, on est créoles, c'est tout ! » Et c'est vrai, parce que cette île a été peuplée par des Noirs, des Portugais, des Indiens, et ensuite par des Chinois venus faire du commerce. Pendant des générations, toutes ces ethnies se sont mélangées et les gens sont magnifiques.

Mais il faut laisser faire le temps et, surtout, accepter les différences. Rien n'est vrai ni « bon » dans l'absolu. La couleur du deuil est le noir ici, le blanc ailleurs ; roter à table est plutôt mal vu de ce côté-ci de la Méditerranée mais apprécié de l'autre. Ici, on s'embrasse deux fois sur chaque joue, ailleurs une fois. Chez les Anglo-Saxons, c'est plus simple : on dit « Ça va ? », et l'autre répond « Oui ». On gagne du temps ! Tout est donc relatif. Dans ces conditions, comment peut-on détester les autres parce qu'ils portent des boubous et un gramme de pigment dans la peau ?

***

La dernière année passée au lycée d'Épernay, lorsque j'ai doublé sciences-ex, j'ai copieusement chahuté, en vertu de mon principe de « pédagogie dans la joie » qui avait déjà fait ses preuves.

Après le divorce de mes parents, ma mère et ma sœur sont venues habiter à Paris. Ma sœur avait obtenu un poste de secrétaire par l'intermédiaire d'une fille de Montmirail, elle-même secrétaire à Paris. Elle a travaillé très tôt. En fait, c'est elle qui aurait dû poursuivre ses études. Elle était plus sérieuse et plus douée que moi. Mais mes parents ne pouvaient payer pour nous deux. Ils ont choisi le garçon, comme dans la tradition. Je faisais de mon mieux pour ne pas les décevoir, mais je n'en pouvais plus d'être parqué. J'avais beau me défoncer dans le sport les week-ends, j'aspirais à un grand bol de liberté. Je sentais que si je ne m'en allais pas du lycée, j'allais me planter une fois encore et je n'aurais pas mon bac. J'en avais tellement assez que je ne faisais plus rien. Un jeudi je suis parti seul, puisqu'en terminale on avait le droit de se rendre librement à la bibliothèque d'Épernay. Et ce jour-là, j'ai pris ma décision. Je suis allé en stop jusqu'à Paris pour aller retrouver ma mère et ma sœur, et le soir j'ai « oublié » de rentrer. Ma mère a appelé le collège pour dire au principal que j'étais avec elle et que je ne reviendrais pas. J'ai travaillé quinze jours tout seul dans une petite chambre qu'on m'avait prêtée à Paris, laquelle avait appartenu à Gustave Eiffel. Je pensais à lui le soir, en regardant par la fenêtre la tour qui porte son nom.

J'étais déterminé à réussir, et j'ai eu mon bac ! J'allais enfin pouvoir m'inscrire à la faculté de médecine. Mais comme je n'avais pas d'argent et que ma mère et ma sœur s'en sortaient à peine, il me fallait une bourse. Je suis donc retourné à Épernay voir le principal, pour qu'il me signe les papiers et me fournisse les attestations indispensables à la demande d'obtention d'une bourse. Il a refusé.

— Tu as eu ton bac, mais tu as quitté le lycée sans prévenir et sans autorisation. Tu nous as causé beaucoup de soucis pendant toutes ces années. Tu n'auras pas ta bourse !

— Mais, monsieur, j'ai droit à une bourse puisqu'on n'a pas de sous ! Si je veux faire médecine, il faut que j'aie cette bourse, sinon, je n'y arriverai jamais...

— Il fallait y penser avant. Tu l'as bien cherché, tu n'auras pas ta bourse !

— Mais je ne vous ai jamais rien fait personnellement...

— Non, mais quand même, tu as bien rigolé, tu t'es foutu de nous. Maintenant il faut payer.

— Mais ça n'intervient pas dans les études ! J'ai mon bac... Techniquement, j'ai droit à une bourse. J'ai rempli les papiers pour ça.

— Non ! L'important, c'est de respecter les règles.

Il n'a jamais voulu. Je n'ai pas eu de bourse. Le principal du collège d'Épernay de ces années-là est le premier vrai con que j'ai rencontré dans ma vie. Là, je me suis dit : « Tiens, tiens. Ça existe donc ! » On ne peut pas lutter contre ça. Il a le pouvoir, c'est lui qui décide. Alors je l'ai regardé comme on regarde un monument, avant de tourner les talons.

Après, je me suis rendu compte qu'il y en avait d'autres, des cons, de différents modèles, de différentes tailles, et qu'on était soi-même le con de quelqu'un d'autre. Ça ma rassuré. J'ai pensé « après tout, je peux dire de celui-là qu'il est con, puisque je dois moi-même être le con de quelqu'un »... Il n'y a aucune raison de se retenir dans la vie de penser d'un individu qu'il est con. D'abord ça soulage et puis ce n'est pas inutile, loin de là, car on se sent moins seul. Le con est un personnage familier. En revanche, il y a toujours quelqu'un d'autre qui vous regarde en disant que vous êtes extraordinaire. C'est réconfortant et ça équilibre : on est « le con » de l'un et « l'extraordinaire » de l'autre. Et, sans les cons, l'équilibre naturel des choses serait rompu.

Il faut être très attentif aux cons. Il faut les détecter honnêtement, sans passion, sans haine, sans colère. Il faut arriver, propre, tranquille, et puis se dire d'une manière tout à fait lucide : bon, eh bien celui-là, il est con ! Et savoir que ce con-là va peut-être servir à quelque chose. Pas « me » servir dans le sens « je vais l'utiliser à », non, pas du tout, car un con est inutilisable par définition. Mais peut-être que, par son intermédiaire, quelque chose d'important passera. C'est souvent par les cons que les bonnes choses arrivent. Le con, en fait, est comme une passoire. Car c'est con, une passoire. Il est stupide de dire « con comme un balai » : c'est méchant pour les balais, et c'est faux. Tandis qu'une passoire, c'est vraiment con puisqu'on ne peut rien mettre dedans. Si l'on croit que c'est un récipient parce que ça ressemble à un récipient, on est soi-même con. Ce n'est pas un récipient, c'est une passoire. En revanche, bien utilisée, une passoire est vachement pratique pour passer. Un con, c'est pareil ! Il ne faut pas s'attacher à l'aspect. Le con n'est pas forcément ce qu'il a l'air d'être, c'est-à-dire un être humain. Pas forcément ! Juste une passoire à travers laquelle quelque chose va se transformer. Les résidus vont rester et un jus propre en sortira.

Ainsi le principal du collège d'Épernay, mon premier vrai con, a changé ma vie. C'est grâce à lui que je fais tout ce que je fais aujourd'hui. Je lui en suis profondément reconnaissant.

II

UNE VOCATION CONTRARIÉE ?

Je connais, en Ardèche, un extraordinaire sourcier radiesthésiste. Il s'appelle Jean-Claude Audigier. Il faut le voir, avec ou sans baguette de coudrier, marcher le nez au vent, écoutant la terre de tout son être, s'arrêtant, repartant. Soudain il pointe le sol du doigt et annonce sans élever le ton : « Tu as de l'eau ici, à vingt-cinq mètres. C'est un bon endroit pour un puits. » Il pose un repère et reprend sa marche. Une demi-heure plus tard il a trouvé autre chose...

Tous ceux qui font appel à lui s'en portent bien. L'eau est là où il le dit, au mètre près. Quand on s'étonne de ses talents, il répond avec un grand sourire : « Ce n'est rien. Je suis guidé. On est tous guidés ! »

Jean-Claude a la foi du charbonnier. Je me demande s'il n'a pas raison... Il y a quelque chose qui nous relie à une dimension supérieure. Quand nous sommes « branchés », nous sommes guidés. Je suis bien placé pour le savoir, je n'ai jamais cessé d'être guidé — comme dit Jean-Claude — depuis le jour où quelqu'un a eu la bonne idée, par méchanceté pure, de me refuser la bourse à laquelle j'avais droit. Comme quoi un « malfait » n'est jamais perdu...

Je n'ai pourtant pas renoncé tout de suite à la médecine. J'aimais l'idée, j'avais peut-être la vocation depuis l'école primaire, et je me suis dit qu'avec ou sans bourse je me débrouillerais... Jean-Paul Étienne, le médecin de ma mère à Montmirail, m'encourageait à persévérer.

Je suis allé rejoindre ma mère et ma sœur à Paris et je me suis inscrit à la faculté de médecine. À cette époque-là, on faisait son P.C.B. [1]. et sa première année en même temps, et il fallait réussir les deux examens pour passer en deuxième année. Cela ne m'effrayait pas. Toutefois, l'absence de bourse me mettait dans l'obligation de gagner de l'argent pour subvenir à mes besoins. Je n'allais donc pas au-devant d'un emploi du temps double, mais triple. Encore fallait-il dénicher un boulot. J'étais certes logé, mais quand je dis que ma mère et ma sœur étaient « installées » à Paris, c'est un doux euphémisme. Entre le petit travail de secrétaire de Simone et ma mère qui gardait des enfants, il n'y avait pas de quoi se payer un duplex. Pour s'en sortir toutes les deux, elles n'avaient pas trouvé d'autre solution que de sous-louer une pièce dans un appartement. Nous allions désormais y vivre à trois.

1. Examen de physique, chimie, biologie, qui deviendra en 1965 l'année préparatoire aux études médicales sous le nom de M.P.C.B. (mathématiques, physique, chimie, biologie).

Jean-Paul Étienne, à qui je m'étais ouvert de mes difficultés, est venu à mon secours. Mon sourcier dirait qu'il a été choisi pour me guider au seuil dc ma vie d'adulte. Il a été le premier de ces aiguilleurs que le Ciel n'a cessé de m'envoyer depuis lors.

— Tu vas appeler un copain à moi qui a une maison ici, en plein dans la campagne. Il s'appelle Roland Dhordain, il bosse à la radio. Tu lui demanderas de ma part s'il n'a pas un boulot pour toi. S'il a quelque chose, ne t'inquiète pas, il te fera bosser. C'est un mec bien !

Je n'ai pas attendu pour m'en assurer. Dès les formalités d'inscription terminées, j'ai rendu visite à Dhordain, rue Armand-Moisant, près de la gare Montparnasse. C'est là qu'était installé Paris-Inter à cette époque. Il m'a tout de suite reçu.

— Voilà, monsieur, je connais Jean-Paul Étienne. Je suis inscrit en faculté de médecine et j'ai besoin de travailler pour payer mes études. Il m'a dit que je pouvais venir vous voir...

— Je sais, il m'en a parlé.

— C'est sympa...

— Bien sûr ! Écoute, j'ai un truc pour toi. Tu n'as pas l'air trop con. Si ça te va, je te prends !

Ce sont textuellement ses paroles. Je m'en souviens comme si c'était hier. J'ai éclaté de rire. En deux ou trois phrases, il m'a brossé le tableau. C'est comme ça que je suis rentré à « Inter-service route », un service apprécié des usagers. Tous les professionnels de la route y avaient recours et un nombre grandissant de particuliers appelait pour connaître les conditions de circulation, les barrières de dégel, les prévisions météo ou les postes d'essence ouverts la nuit sur l'itinéraire qu'ils devaient emprunter.

Hélas, j'avais présumé de mes forces. Au bout de six mois de radio, de P.C.B. et de première année menés de front, je n'en pouvais plus. J'assumais régulièrement des permanences de nuit à « Interservice route », de 23 heures à 6 heures du matin. Je somnolais assis dans le studio, la tête posée sur la table, entre mes bras, et quand le téléphone sonnait je faisais en sorte de renseigner l'auditeur le plus vite et le plus précisément possible. Évidemment, le lendemain j'arrivais en cours un peu tassé, et bien souvent sans avoir pu fermer l'œil. Au bout d'un quart d'heure, je faisais des efforts désespérés pour rester éveillé. Les profs et les étudiants s'imaginaient que je faisais la fête. C'était une source permanente de malentendus.

— Klein ! Vous dormez encore ! Vous avez fait la bringue toute la nuit ! Médecine, c'est sérieux, vous savez. Si vous croyez y arriver comme ça, vous vous trompez lourdement !

— Désolé. Je travaille la nuit pour...

— Ça va, ça va ! Il n'y a qu'à vous regarder.

La repartie soulevait quelques rires goguenards. Je haussais les épaules. Je me disais que c'était injuste : non seulement je devais gagner ma vie, mais je bossais vraiment mes cours. J'étais sans doute trop orgueilleux pour chercher à leur prouver qu'ils se trompaient. De leur côté ils auraient peut-être pu m'aider en manifestant un peu plus de compréhension, mais c'était trop leur demander et certainement trop me demander également. « Ils ne me croient pas ? Tant pis ! À quoi bon lutter ? C'est le pot de fer contre le pot de terre. » L'idée ne m'est même pas venue de sortir un bulletin de salaire pour leur démontrer ma bonne foi...

J'ai lutté encore quelque temps. J'étais seul à me débrouiller, seul pour bûcher. Le matin j'avais des cours à la faculté des sciences de Jussieu, rue Cuvier, derrière le Jardin des Plantes, puis l'après-midi à la fac de médecine, rue des Écoles, à deux pas de Saint-Germain-des-Prés. Je faisais la navette à pied, parce que je n'avais pas de quoi m'offrir le métro. Tout juste pouvais-je payer le restaurant universitaire à midi, un franc dix, et rien de plus.

Et puis un jour, à Jussieu, la séance de travaux pratiques a porté sur l'appareil génital de la grenouille femelle. Nous devions faire la dissection et prendre des croquis. Cette fois, je n'ai pas pu. J'étais mort de fatigue. Ce n'était plus possible. À la maison, je couchais sur un petit lit de camping pliant — quand je dormais ! — et je n'avais même pas de table pour potasser les soirs où je ne travaillais pas à la radio.

Je n'étais plus dans le coup. Alors, je me suis dit : « Je n'y arriverai jamais. Ce n'est pas la peine. J'arrête ! » Je m'en souviens, il faisait beau... Je n'avais pas vraiment envie d'arrêter, mais tout m'y contraignait. Je ne pouvais pas lutter sur tous les fronts. Je voyais les autres s'activer normalement, comme des étudiants avec des soucis et des préoccupations d'étudiants. Je voyais des fils de médecins arriver en voiture, bien habillés, bien nourris, sûrs d'eux, parlant des boîtes à la mode, des restaurants chic, des derniers films sortis... Ce n'était sans doute pas le bon combat pour moi. Les armes étaient par trop inégales. J'avais besoin d'en parler, d'avoir un avis. Certes, il y avait ma mère et ma sœur, pourtant ça ne devait pas être mal non plus d'avoir l'avis d'un homme. J'aurais aimé consulter mon père, mais il était à Montmirail et ne se préoccupait plus beaucoup de moi. Alors je suis allé voir Dhordain, que j'appelais en plaisantant « mon père ». C'est sûr qu'il avait un peu pris cette place-là dans la mesure où il était le seul à qui je pouvais me confier. On s'entendait bien, tous les deux...

Il faut en permanence faire des choix, dans l'existence. Je l'ai appris très tôt. Là, j'étais au pied du mur. Je devais arrêter médecine et bien que mon travail à « Inter-service route » fût plutôt amusant, je ne pouvais pas envisager de faire ça toute ma vie. Et puis je pensais à ma mère, et à ma sœur. Je ne voulais pas continuer à peser sur leur budget. Je me suis alors dit que la meilleure solution était de résilier mon sursis et de partir à l'armée. Au moins, là, je serais nourri, logé, et je ne coûterais rien à personne.

Une fois la décision prise, je me suis senti soulagé. Je n'avais pas de regrets, pas de nostalgie non plus. J'étais dans la réalité du présent. À Paris, dans les conditions où je me trouvais, je ne servais à rien ni à personne. Ma mère et ma sœur pouvaient vaguement s'en sortir seules, mais avec moi, malgré tout, cela faisait une bouche de plus à nourrir. Même si je rapportais un peu d'argent, ce n'était pas suffisant. Je suis donc allé à la caserne de Reuilly résilier mon sursis, et comme il me fallait choisir une arme, j'ai demandé la Marine. Je rêvais de voyager, de voir du pays.

J'ai néanmoins mis un point d'honneur à finir mon année de médecine. Le jour des examens, je me suis présenté pour écrire au professeur de chaque matière une lettre exprimant mes regrets de ne pas être en mesure de continuer. J'expliquais que j'avais dû mener de front plusieurs activités, ce qui ne m'avait pas permis de me consacrer à mon travail en faculté comme je le désirais. Je leur disais combien j'étais désolé d'être contraint de surseoir à mes études. La rédaction de chaque missive me prenait une vingtaine de minutes. Je remettais ma lettre-copie et je sortais le premier de la salle d'examen, la conscience en règle.

⁂

Comme j'avais fait le geste de résilier mon sursis, je pensais que peut-être ceux qui s'occupaient des affectations se diraient : « Tiens, il a demandé la Marine, ça doit lui plaire, alors mettons-le dans la Marine. » Évidemment, on m'a envoyé dans les blindés en Allemagne !

En fait de voyages et de terres exotiques, début janvier, le jour de l'incorporation, je me suis retrouvé au Centre d'instruction des divisions blindées de Trèves, en Allemagne. Nous étions environ un millier, rassemblés sur une sorte de place d'armes, à battre la semelle en nous gelant, le moral dans les chaussettes. Le vent froid balayait à plaisir cet espace dégagé, tourbillonnant entre les bâtiments des compagnies.

Nous venions de toucher nos paquetages et nous étions déjà déguisés en militaires. Je dis « déguisés » parce que, bien entendu, on nous avait distribué très vite les tenues selon les trois critères en vigueur : « petit », « moyen » ou « grand ». Le fourrier, les deux mains appuyées sur le comptoir, jaugeait d'un coup d'œil rapide et laissait tomber son verdict : « Moyen... moyen... grand... petit... moyen... grand. » Mais derrière lui, les bidasses qui le secondaient suivaient plus ou moins et les décalages n'étaient pas rares. Nous défilions à la queue leu leu, les bras déjà chargés par les draps et les couvertures. Pas question d'arrêter la chaîne... Chacun dépliait ensuite ses tenues et regardait à quoi ça ressemblait. Les murmures du départ allaient en s'amplifiant : « C'est trop grand. Je vais marcher dessus. C'est des coups à se foutre par terre... C'est trop petit ! Je ne peux pas fermer les boutons... C'est trop large, je nage dedans ! »

La place d'armes se mit bientôt à ressembler au marché aux puces un dimanche matin, jusqu'à ce qu'un gradé vienne nous faire au micro un laïus qui était censé être un discours de bienvenue. Les haut-parleurs diffusaient la bonne parole aux quatre coins du camp. On se serait cru dans un film. J'ai très vite décroché. Je sais seulement que ça se terminait par : « Vous êtes ici pour en chier, et vous allez en chier ! »

Dans le silence qui suivit ces paroles sympathiques, j'ai pensé un moment que le séjour risquait d'être embêtant. Il y avait autour de moi des gars qui n'en menaient pas large. J'entrepris de les rassurer.

— Attendez, les mecs, attendez ! Vous verrez bien. Ça ne sert à rien de se faire du mouron à l'avance. Il dit ça pour nous impressionner. Il fait son numéro, c'est son jour de gloire. Pensez, faire trembler un millier de types à la fois, quel pied...

Les trois premiers jours, on nous a réservé les brimades habituelles, afin de mettre le troupeau au pas et de donner le ton. La plupart des appelés sont dépaysés, mal dans leur peau. Ils se retrouvent le crâne rasé, mal habillés. Ce n'est pas terrible pour le moral. Ensuite, les choses s'arrangent. On commence doucement à s'accoutumer, à prendre le rythme.

Le capitaine orienteur voulait à tout prix que je fasse les E.O.R. [1]. pour devenir officier. J'ai refusé parce qu'on m'avait dit des horreurs à ce sujet : c'était épouvantable, on restait au service plus longtemps que les autres et, par la suite, on devait retourner à l'armée régulièrement faire des périodes. J'ai donc signé les papiers qui motivaient mon refus sous l'œil du capitaine qui ne se tenait pas battu pour autant.

— Vous ne voulez pas faire les E.O.R., c'est dommage... Eh bien, dans ce cas, vous serez sous-officier.

— Mais non, je ne veux pas !

— Il n'y a pas de « je ne veux pas » qui tienne.

1. Élèves officiers de réserve.

C'est nous qui décidons. Et comme nous voulons que tu sois sous-officier, tu seras sous-officier !

— Ah, bon. Et je ferai quoi ?

— Sept mois de classes pour commencer.

— Et pour les E.O.R., j'aurais fait quoi ?

— Neuf mois. Et à deux mois près tu regretteras, parce que là tu étais officier de réserve, tu avais une chambre, une ordonnance pour faire ton lit, cirer tes pompes, s'occuper de tes vêtements, repasser ton linge. Tu prenais tes repas au mess et tu roulais en Jeep. Tu étais le roi. Alors que là tu seras maréchal des logis, tu seras avec les hommes de troupe et tu vas marcher à pied !

— Tant pis !

C'est la première connerie que j'ai faite en écoutant les autres qui m'ont dit des stupidités par antimilitarisme primaire. Il faut se renseigner avant de prendre des décisions, poser des questions. Je ne l'ai pas fait. J'ai eu tort. Ce n'était pas grave pour autant. Il fallait simplement faire avec.

Je me suis donc préparé à affronter mes sept mois d'instruction, quatre à Trèves, de janvier à avril, et trois ensuite au camp de Mourmelon, dans la Marne, jusqu'à la fin juillet. En attendant, je découvrais l'armée et j'y trouvais beaucoup d'avantages par rapport à ce que j'avais connu à Épernay en tant que pensionnaire. Par exemple on avait le droit de fumer — ce qui était interdit au lycée — et même on nous distribuait un certain nombre de paquets de cigarettes par semaine. Par ailleurs, les chambrées de huit me paraissaient un luxe inouï à côté des dortoirs de quarante lits du collège, d'autant que, là-bas, seule une porte double nous séparait du second dortoir : quand elle était ouverte, cela faisait quatre-vingts occupants ! Les bons moments étaient rares. Sauf à la fin de l'année scolaire, juste avant les vacances, où une gigantesque bataille de polochons opposait traditionnellement les grands aux petits. Une énorme bagarre sur laquelle la direction fermait plus ou moins les yeux. Ce jour-là, nous nous défoulions. Nous avions en quelques dizaines de minutes le sentiment de rattraper une année entière de contraintes et de discipline.

Pour Noël ou Pâques, tous les pensionnaires s'en allaient. Il ne restait que mon camarade Pierre Jacquet et moi, qui étions collés presque à longueur d'année. Il nous arrivait de passer deux mois sans sortir, nous n'avions même pas le droit de nous promener. Nous faisions semblant d'en être très affectés, mais nous nous dispensions fort bien des balades dominicales en rangs serrés. Elles manquaient par trop de charme et de liberté.

En pension, personne ne venait me voir. Ma mère ne conduisait pas, ma sœur travaillait, mon père était rarement là, et mes grands-parents, qui habitaient encore Romilly, à l'autre bout du département, commençaient à se faire vieux. Mais si j'abordais mon service militaire dans une forme physique exceptionnelle malgré mon année difficile à Paris, je le devais à cette solitude forcée, aux heures d'entraînement que j'avais accumulées au lycée, bien malgré moi, dans diverses disciplines d'athlétisme et, surtout, sur cent et quatre cents mètres. Le samedi, les cours se terminaient à 16 heures et le repas était à

19 heures. J'allais donc me défouler sur le stade. C'était à peu près le seul endroit où nous étions autorisés à nous rendre sans devoir demander d'autorisation. J'en profitais à fond.

J'avais découvert assez rapidement que le cent mètres et le quatre cents mètres étaient les distances sur lesquelles je me sentais le plus à l'aise. Le kilomètre ne me convenait pas, je n'arrivais pas à trouver le rythme pour faire de l'endurance. Je m'essoufflais car je ne savais pas respirer comme il le faut. J'ai dû attendre la cinquantaine pour parvenir à courir à petite vitesse plus d'une heure sans m'arrêter ni baisser l'allure. En tout cas j'aime courir, pour m'oxygéner, transpirer et remettre mes idées en ordre. Le sport vous lave des soucis quotidiens. Quand on va au bout de ses forces (enfin presque!), quels que soient les problèmes on est beaucoup mieux dans sa tête.

J'avais un complice, Francis, que j'entraînais sur mes distances fétiches. Je lui lançais : « Si tu me rattrapes, tu seras champion de France ! » Nous luttions au coude à coude. Il y avait à peine une poitrine, une tête d'écart entre nous. Il ne m'a jamais rattrapé, mais il a été sacré champion de France du quatre cents mètres !

Roland Ducouret, mon correspondant pied-noir dont la mère faisait de si bons couscous, me prêtait ses pointes car, bien sûr, je n'en avais pas. Avec Francis, ils insistaient tous deux pour que je fasse de la compétition, mais j'ai dit non. Je n'avais pas envie de monter dans le car avec les autres pour faire les déplacements et courir les meetings. Le car, j'y suis venu plus tard...

En Allemagne, au début des classes, nous avions un chef, un « trois barrettes », qui nous faisait marcher. C'était un harki, un véritable athlète d'une quarantaine d'années. Au premier entraînement, nous nous sommes retrouvés côte à côte, à grimper une pente raide qui s'appelait le Tas-de-Charbon. Nous progressions d'un même pas, ni trop vite, ni trop lentement, avec un beau rythme. Au bout d'une heure et demie, sans prononcer une parole, nous nous étions compris. Par la suite, nous nous sommes parlé comme de vieux copains. Tous les footings, nous les faisions ensemble. De temps à autre je lui demandais pour quelle raison nous marchions autant, puisque nous étions dans les chars. Il me répondait invariablement :

— On ne sait jamais. Ton char peut tomber en panne...

Et nous éclations de rire. C'est là que j'ai compris que le partage de l'effort est une forme avancée de communication. Il révèle les hommes au-delà des apparences et des discours.

***

Les blindés, ce n'était pas la Marine, mais j'y apprenais des choses. L'instruction m'intéressait, et je m'amusais de certaines différences. Ainsi les Américains donnaient à leurs types de chars des noms de généraux, comme Patton ou Sherman ; les Allemands des noms de fauves, Tigre ou Panthère... Et nous, Français, des abréviations (comme E.B.R. pour engin blindé de reconnaissance) suivies du code de l'atelier de fabrication. Si l'E.B.R. Panhard était construit par Panhard, l'A.M.X. 30 était un char de trente tonnes, sorti de l'atelier d'Issy-les-Moulineaux.

J'étais dans les blindés lourds. Nous avions les vieux Patton, des chars de quarante-quatre tonnes, avec des moteurs de douze cylindres en V, refroidis par air, vingt-quatre litres de cylindrée, double allumage par magnéto avec booster. La passion de la mécanique ne m'avait pas quitté depuis l'enfance, grâce aux leçons du grand-père Fernand. Là, j'étais à mon affaire. Et la formation que je reçus à l'armée allait me permettre, bien des années plus tard, d'assurer la maintenance du matériel agricole de la ferme, d'en comprendre le fonctionnement et d'être capable d'intervenir en cas de panne. Aucune expérience n'est perdue.

L'instruction des sous-officiers me préparait à devenir chef de char. Je devais maîtriser le maniement de l'engin et acquérir les spécialités du pilote, du copilote, du tireur rivé à son télémètre et du radiochargeur. Je trouvais chaque spécialité intéressante. Au bout des sept mois, je les avais toutes acquises et avais obtenu mes galons de maréchal des logis. Je savais piloter, tirer, remplir les fonctions de radiochargeur et, surtout, commander un char.

Je venais de passer quatre mois à Trèves, mais il fallut partir pour Mourmelon. Là, ce fut une autre histoire. Les conditions dans lesquelles nous vivions ressemblaient à la nourriture : elles étaient mauvaises. Je l'ai d'ailleurs souvent remarqué, là où l'on mange mal, on vit mal. Le célèbre camp de la Marne ne faisait malheureusement pas exception à la règle.

Je dois dire aussi que ma parfaite connaissance de la langue allemande m'avait valu un statut particulier à Trèves. Je servais d'interprète et j'étais chargé d'un bon nombre de courses dans le pays, ce qui me donnait l'impression d'être en vacances. Mes chefs m'appréciaient et, comme je semblais les intéresser, j'ai tout de suite rectifié le tir : « Je ne fais que passer. Ne vous inquiétez pas pour moi. Tout ira bien. Mais dans quelques mois, je ne serai plus là. » Je préférais que les choses soient claires dès le début. Elles le sont restées jusqu'au bout.

Une fois l'instruction terminée, j'ai été affecté au 1er cuirassiers [1] stationné à Saint-Wendel, au-dessus de Sarrebruck. Mon dossier m'avait précédé. Quand je suis arrivé ils savaient qui j'étais, ils connaissaient mes qualifications, mes capacités, et ce que je pensais. J'ai passé là une année excellente. Jamais de conflits, au contraire. Les supérieurs nous parlaient correctement, j'étais bien logé, l'ambiance était bonne, et je me sentais à l'aise parce que j'avais quelque chose à faire d'intéressant.

Peu de temps après mon arrivée au régiment, nous sommes partis en manœuvres à Münzingen, dans un camp d'entraînement surnommé « la petite Sibérie ». J'ai vite compris pourquoi : le thermomètre marquait -50 °C ! La vie devenait singulièrement compliquée. Il fallait faire attention à tout. On ne pissait pas dehors, parce que « ça » gelait. C'était à ce point. Le matin, tous les chars du régiment étaient collés au sol. Même avec des patins en caoutchouc, sous

1. Ce régiment est aujourd'hui dissous.

l'effet du poids ils s'enfonçaient de trois bons millimètres dans la glace dont ils restaient prisonniers. Il fallait réchauffer les chenilles avec d'énormes turbines à essence pour que la glace fonde un peu. L'ennemi était prié d'attendre une heure ou deux avant que la colonne ne s'ébranle !

Comme il y avait pénurie de sous-officiers, j'avais hérité de deux chars. Un jour de manœuvres, nous sommes partis avec un jeune lieutenant qui sortait de Saint-Cyr, sympathique, sportif, intelligent, mais pas encore très « terrain ».

— Attention, mon lieutenant, la neige masque tout, et là vous vous dirigez droit vers un étang.

— Non, non, pas de problème.

Je l'avais alerté par radio, car j'avais deviné la différence de nature du sol malgré la neige, et puis j'avais déjà eu l'occasion de repérer les lieux au cours de sorties précédentes.

Deux minutes plus tard, la glace cédait sous le poids du char du lieutenant qui s'enfonçait jusqu'en haut des chenilles. À bord, l'équipage commençait à paniquer. Je suis arrivé aussitôt avec mes deux blindés. Nous avons immédiatement passé des élingues, d'énormes câbles d'acier. Il fallait faire vite. Mes gars étaient bien entraînés et nous étions complices ; je me suis placé au cul du deuxième char et, en un temps record, nous avons tiré l'engin du lieutenant sur la terre ferme.

À partir de ce jour, ce sauvetage nous valut le respect et l'estime de notre lieutenant.

Les alertes atomiques étaient une sale épreuve à traverser par cette température polaire. Comme de juste, elles arrivaient à l'improviste. Ça voulait dire qu'il fallait fermer hermétiquement le char en attendant que passent les radiations supposées. La première fois, nous sommes restés coincés près de trois heures. Nous étions gelés. Au retour, le soir, j'ai pris mes dispositions pour que ça ne se reproduise plus.

— Les gars, ne vous inquiétez pas. On n'aura plus jamais froid dans un char ! Je m'en occupe.

— Comment vas-tu faire ? On n'y peut rien...

— Si, vous allez voir.

Je suis allé au mess acheter du rhum blanc, plein de boîtes de sardines, du pain, des fruits séchés, du sucre, et le lendemain, quand nous sommes repartis en manœuvres, nous étions parés. J'avais distribué les provisions dans les deux chars avec, pour chaque équipage, deux bouteilles de rhum. Lorsque l'alerte atomique a été lancée, une fois toutes les consignes de sécurité exécutées, j'ai dit aux gars « À table ! » et nous nous sommes mis à manger. C'était le seul moyen d'avoir chaud. À la fin de l'alerte nos provisions avaient été englouties et les bouteilles étaient vides. L'ambiance à bord était chaleureuse. Quand nous avons pu rouvrir les tourelles, nous étions certes congestionnés et portés à l'optimisme, mais les seuls à ne pas être frigorifiés.

J'ai personnellement veillé au réapprovisionnement en cas d'alerte. L'épisode nous ayant bien fait rire, nous avons renouvelé l'expérience un certain nombre de fois, toujours avec le même succès. Je crois que nous avons fini par faire école. Les alertes atomiques eurent bientôt bonne presse parmi les équipages.

***

À la fin des manœuvres, le régiment a pris ses dispositions pour regagner sa base. Nous repartions en train comme nous étions venus. Plus de cinquante chars sur des plates-formes spéciales, sans compter les véhicules tout-terrain, les engins blindés de reconnaissance, les chars A.M.X. de treize tonnes, les camions G.M.C. [1]. Tout ce matériel formait des convois démesurés.

Comme les plates-formes spéciales des Patton étaient plus larges que la normale et excédaient l'encombrement permettant à deux trains de se croiser librement, on ne pouvait circuler qu'à certaines heures. Le parcours devait avoir été préalablement neutralisé pour que nos convois soient seuls sur les rails. Malheureusement, deux plates-formes allaient se révéler défectueuses. Les essieux chauffaient dangereusement. Il fallait changer les roulements avant de poursuivre. Comme la réparation pouvait durer près d'une semaine, le temps de faire venir le matériel nécessaire, les deux plates-formes en cause ont été détachées du convoi, avec les chars dessus, bien entendu. Le capitaine m'en a confié la responsabilité.

— Klein, vous allez rester parce que vous êtes le seul à parler allemand. Prenez les gars que vous voulez.

1. Camions de l'armée américaine construits par la General Motors Company.

— Pas de problème. Vous nous mettez un wagon à bestiaux avec de la paille pour que nous puissions dormir, et ça ira très bien.

Nous avons sorti les extincteurs des chars pour les mettre dans notre wagon, nous nous sommes installés douillettement sur la paille... et nous nous sommes offert des vacances !

Au bout de ces deux semaines de farniente, nous avons fini par revenir au régiment. Ça s'était bien passé, tout le monde était content. La vie militaire reprenait son cours normal pour nous au 1er cuirassiers. Je ne cessais de m'entraîner et de me perfectionner. Puisque j'étais là, autant profiter au maximum de ce qui m'était offert. Je me portais volontaire pour toutes les expéditions.

Pendant un moment, j'ai même été détaché dans un régiment du génie, à Rastatt, avec pour mission de participer à la mise au point de missiles antichars... en servant de cible ! J'avais un itinéraire précis à respecter et, à certains endroits, quand le char s'encadrait dans le collimateur du tireur, je prenais de plein fouet un missile (sans charge !). La force de l'impact était telle que mon blindé se trouvait soulevé à chaque fois, malgré ses quarante-quatre tonnes. Je n'aurais jamais imaginé que la seule propulsion d'un missile pouvait avoir cette puissance. Le soir je faisais le tour de l'engin pour constater les dégâts, et peu à peu je le voyais se dégrader.

Un jour, les amortisseurs ont été pulvérisés par l'impact. C'étaient des pièces énormes, il n'en restait rien... Le lendemain, le barbotin arrière a été arraché par un autre tir. La mesure était comble. Je suis allé trouver le commandant du régiment, un homme sympathique et plutôt marrant.

— Ce n'est plus possible ! Ils sont en train de foutre en l'air mon char, morceau par morceau. Je n'ai pas envie de me faire engueuler en rentrant !

— Ne t'inquiète pas. On va arranger ça !

Il a appelé un gars et lui a demandé de m'accompagner au dépôt de l'atelier régimentaire. Puis, se tournant vers moi, il a ajouté :

— Tu prends ce que tu veux. C'est du matériel dont nous ne nous servons pas.

Je suis aussitôt allé faire un tour au dépôt. C'était la caverne d'Ali-Baba. Il y avait là toutes les pièces possibles conditionnées pour tenir dix siècles, des moteurs neufs dans des caisses en bois, des amortisseurs, des chenilles, tout ce dont on pouvait avoir besoin était stocké et répertorié. Au retour, je suis passé voir le commandant.

— Alors là, il n'y a aucun problème ! Vos gars peuvent démolir mon char comme ils veulent, quand il repartira d'ici, il sera neuf !

Un soir, le commandant m'a appelé pour me dire que les essais étaient terminés.

— C'est bon, vas-y, prends ton temps, répare ton char.

À compter de cet instant, tous les jours, je me suis rendu à l'atelier régimentaire. J'avais un G.M.C. à ma disposition. Chaque matin, je partais à l'atelier avec un mécanicien pour faire mon marché, et on se mettait au travail. Si bien que je suis rentré au régiment avec un A.M.X. neuf — seul le moteur n'avait pas été changé, il tournait comme une horloge de précision. Le capitaine ne comprenait plus rien.

— Comment avez-vous fait ? On dirait que ça sort de l'usine ! Vous avez piqué un char, ou quoi ?

— Non, ne vous inquiétez pas, je vais vous expliquer.

Il a appelé devant moi le commandant du régiment du génie où j'avais été détaché pour vérifier mes dires. Tout le monde était content...

⁂

Il m'est aussi arrivé de jouer au soldat d'une manière moins technique et beaucoup plus sportive. Nous étions à Saint-Wendel et des manœuvres avaient été organisées entre notre régiment et un régiment de chasseurs voisin. Deux équipes d'une vingtaine d'hommes, de part et d'autre. Ceux de chez nous étaient les attaquants, ils devaient détruire un certain nombre d'objectifs ennemis et faire sauter des ponts au moyen de grenades d'exercice à plâtre. Le jeu consistait à remplir cette mission commando sans se faire prendre par la défense adverse. Malgré les apparences, ça n'avait rien d'un jeu de boy-scouts.

Pour une fois, je ne me sentais pas concerné. J'étais heureux, j'avais ma permission signée en poche, la deuxième depuis l'incorporation. Je m'apprêtais à partir le lendemain matin lorsque le jeune lieutenant de Saint-Cyr est venu me trouver.

— Maréchal des logis Klein, vous ne pouvez pas partir en permission.

— Pourquoi donc, mon lieutenant ?

— Parce que les hommes ne veulent pas faire la marche.

— Et alors ?

— Ils veulent que vous soyez là !

— Ce n'est pas possible, je pars en permission. C'est la deuxième fois seulement que ça m'arrive, alors quand même !

— C'est très ennuyeux, mais tout le monde vous réclame. Il faut que vous veniez.

Sur ces entrefaites, un des hommes désignés pour faire partie de l'équipe arrive dans ma chambre.

— Gérard, il faut que tu sois avec nous, parce que sinon on va s'emmerder. Avec toi on est d'accord, autrement on n'y va pas.

— Dites, c'est un coup monté ou quoi ? Je pars en perm', moi !

— Je vous donne un jour supplémentaire, coupa le lieutenant, mais il faut vraiment que vous veniez.

— Ça c'est dur ! Vous auriez pu me prévenir, les gars ! Bon, je marche, mais à une condition : je choisis moi-même ma bande.

Trop content d'avoir obtenu gain de cause, le lieutenant m'a aussitôt donné son accord. Je me suis mis en tenue et j'ai formé mon équipe avec des gars impayables que je connaissais bien, comme le petit G., qui était parti à l'armée parce qu'on avait trouvé tellement de moteurs de mobylette dans sa cave que c'était ça ou la prison... Le reste était à l'avenant. Une fois ma bande réunie, j'ai cru bon de mettre les choses au point.

— Les mecs, normalement je suis en perm'. Donc si on fait cette affaire ensemble, il faut qu'on soit bons. Il faut qu'on soit *très bons* ! On va faire péter tous les ponts et on rentrera sans s'être fait piéger. D'accord ?

— T'inquiète pas, Gégé. C'est sympa d'être resté. On va faire comme tu dis.

Nous sommes partis avec l'ordre de mission donnant la liste et la situation de nos objectifs, les cartes, et le matériel nécessaire. L'autre équipe a fait de même. J'avais réuni une vraie bande de « félins » et nous avons commencé à détruire virtuellement les ponts que nous devions faire sauter. En face, les autres commençaient à s'énerver sérieusement, mais nous leur glissions entre les doigts.

À un moment, je ne sais pas comment cela est arrivé, mais en débouchant dans un petit bout de clairière on a aperçu une Jeep du camp adverse avec trois types autour. Tout le monde était parti « faire la guerre » et nous courir après. Ils avaient laissé trois de leurs hommes en arrière. Nous les avons encerclés et je me suis avancé.

— Les gars, vous êtes encerclés. Ce n'est pas la peine de nous tirer dessus avec vos cartouches à blanc, on est onze et vous êtes trois. Donc vous allez nous remettre vos armes et votre matériel. Ne vous inquiétez pas, on s'occupe du reste. On va emprunter la Jeep et vous attendrez là, bien sagement, comme si vous étiez prisonniers !

Que pouvaient-ils répondre ? Nous avions exécuté le programme à la lettre et nous sommes montés tous les onze dans la Jeep. Ce n'était pas très confortable, mais c'était plus rapide.

Nous avions fini de faire sauter les objectifs qui nous étaient assignés quand, sur une route, nous aperçûmes un lieutenant de chasseurs du camp adverse, tout seul, qui nous faisait signe de nous arrêter. C'était un appelé du contingent. Il a commencé à nous engueuler parce que nous étions en surnombre — et comment ! — dans la Jeep. La situation était comique. Les gars rigolaient. Lui, pas du tout. Comme la situation lui échappait, il s'est tourné vers moi.

— Garde à vous ! Qui commande ce bordel ?

— C'est moi.

— Garde à vous ! Repos ! Garde à vous !

Il jouait de son autorité. Nous n'étions pas très satisfaits de la tournure des événements.

— Attendez, c'est un exercice ! Vous n'avez pas à intervenir...

À ce moment, comme dans un film, mon saint-cyrien de lieutenant est sorti des fourrés et s'en est pris à l'appelé qui tombait des nues.

— Il a raison. C'est vous que je vais mettre au garde-à-vous ! Garde à vous ! Repos ! Garde à vous ! Pour qui vous prenez-vous ? Vous n'êtes pas au courant de l'exercice ? Qu'est-ce que vous faites là ? De quoi vous mêlez-vous ?

Nous étions hilares. Le lieutenant nous a félicités. Nous lui avons remis la Jeep, les armes et le matériel « pris à l'ennemi ». Ovation générale !

Nous avions quand même fait soixante-dix bornes à pied pour remplir notre mission en une journée et une nuit. Il en restait trente pour rentrer au régiment. Nous pouvions repartir en camion avec les autres, mais au point où nous en étions, autant continuer.

Mes gars étaient contents, nous étions tous en excellente condition. Je n'ai pas hésité.

— Mon lieutenant, je peux vous demander une faveur ?

— Oui, bien sûr.

— Alors voilà, on voudrait rentrer à pied, parce qu'on aime bien les promenades, mais on vous demande la permission de le faire en civil, comme ça on pourra s'arrêter dans les *Gasthaus* [1]...

Le lieutenant, qui nous voyait venir, s'amusait ferme.

— Allez-y !

On s'est mis en tenue à une vitesse record : survêtements et baskets pour tout le monde, sans oublier l'argent de poche, et on est partis, légers et heureux comme des gamins. Nous avons fait tous les *Gasthaus* sur notre chemin. Nous sommes rentrés à une heure du matin, trente bornes plus tard. On était tous bourrés, certains plus que d'autres. Il fallait d'ailleurs en soutenir un ou deux. Les sentinelles avaient reçu l'ordre de nous laisser passer sans nous poser de questions. Ça chahutait ferme dans les chambrées. Nous n'avons jamais entendu le moindre commentaire sur ce retour désordonné.

J'ai aimé vivre dans ce contexte, parce que, avec le passé que j'avais eu, le lycée, les brimades, le principal qui m'avait refusé la bourse pour se venger, les études de médecine auxquelles j'avais dû renoncer, j'avais trouvé l'existence un peu trop sévère

1. Auberges, restaurants.

jusqu'ici. Et je croyais que c'était partout pareil. Or je n'étais pas carriériste, je n'avais pas envie de me bagarrer avec ceux qu'on appelait les nantis, pour prendre ce que certains appellent « une revanche sur la vie ». Je n'avais pas de revanche à prendre. La vie est belle et elle est à tout le monde. Je n'avais ni les moyens, ni les dents longues à rayer le parquet nécessaires pour mener ce combat que je laissais bien volontiers à d'autres. Ce n'était pas mon genre. Par contre, à l'armée, j'ai découvert un autre monde, régi par d'autres lois. J'y ai trouvé le respect de la personne humaine et celui des compétences. Nous pouvions compter les uns sur les autres parce que chacun faisait ce qu'il avait à faire et le faisait bien, sans rechigner. Et puis personne n'est jamais venu nous chercher grief pour ce que nous étions ou ce que nous n'étions pas.

En fait, l'existence peut être aussi simple que ça. Selon ce que l'on a en tête au moment où il vous arrive quelque chose, on peut s'en trouver très heureux ou très malheureux. Nous détenons l'échelle de nos valeurs. Quand, à l'armée, on n'a pas le droit d'être habillé en civil et que, d'un coup, après avoir fait soixante-dix kilomètres et atteint ses objectifs, on est autorisé à rentrer en survêtement en faisant un crochet par les bistrots locaux, c'est un luxe ! C'est bien, c'est vrai, ça ne coûte rien à personne, c'est complètement intime puisque ça ne concerne que onze copains marchant ensemble au bord d'une route. Personne ne va les remarquer. Pourtant, ce jour-là, nous étions les rois. Les gamins étaient contents. Ils disaient « il n'y a que toi pour demander des conneries pareilles ». C'était sans doute vrai. J'avais vingt-deux ans, ils en avaient vingt.

⁂

Quand j'ai quitté l'armée, on m'a demandé de rester. J'ai refusé, ce n'était pas ma vie. J'aurais pourtant pu faire médecine militaire, mais je n'y ai même pas pensé. C'est complètement fou, mais en fait j'avais sorti la médecine de ma tête. Ce n'était plus prioritaire. Et puis je n'aime pas remettre les pas dans les pas. Je préfère avancer.

III

« QUAND TU RENTRES DE L'ARMÉE, VIENS ME VOIR... »

Beaucoup de gens ne me connaissent aujourd'hui que par le cinéma ou la télévision. D'ailleurs à La Bougnate, l'hôtel-restaurant que nous avons créé à Blesle, Françoise et moi, quand on me demande un autographe, la plupart du temps c'est à « l'Instit » que l'on s'adresse. Si nous n'étions pas aussi intimes, je crois bien que je finirais par être jaloux de Novak, « Totor » comme je l'appelle familièrement...

Pourtant, j'ai passé dix ans de ma vie à faire à la radio ce que j'aimais faire dans la vie : communiquer par le rire, établir des liens entre les gens, les rassurer, dédramatiser les situations. France Inter, R.T.L., Europe 1, R.M.C. : pendant ces années où nous avons engrangé pas mal de succès et de beaux records d'audience, j'ai découvert l'importance de la technique et l'essence de la relation avec le public. J'aimais ce métier. Pas un seul jour je ne suis arrivé au studio avec l'impression d'aller travailler. Je n'ai jamais été en retard d'une minute, malgré les circonstances, les trajets ou les encombrements de l'autoroute. Je n'ai jamais rien préparé non plus. Sur aucune station. Volontairement.

Ce n'était pas de la paresse, loin de là, mais je voulais arriver chaque matin avec le trac qui me servait de moteur. Conserver la peur, l'inquiétude, ne pas trop savoir où j'allais constituaient le meilleur des stimulants. Pour le direct c'était parfait. L'émission durait en général deux heures. Il fallait que ce soit drôle, que je déconne, que je puise sans arrêt dans mes ressources ; si j'étais sécurisé le naturel y perdait beaucoup, et cela s'entendait.

La radio est un média très sensible. Si l'on ne partage pas forcément les états d'âme des animateurs, néanmoins on réagit inconsciemment à ce qui émane d'eux quand ils sont au micro. L'ennui, l'indifférence, la fatigue, l'impatience, la tristesse, la joie, l'enthousiasme se ressentent ; toutes les émotions finissent par transparaître, quel que soit le contexte. On devine quand un animateur a la pêche. On devine aussi quand il ne l'a pas. Il n'en faut parfois pas davantage pour que l'auditeur tourne le bouton ou change de station.

Le direct relève d'un équilibre particulier. Si l'on écosse des petits pois et qu'on les fait cuire à la vapeur, c'est top. Si on les achète en boîte et qu'on les prépare selon la recette proposée, même en y ajoutant quelques herbes, ça peut être excellent, mais ce n'est pas pareil. Une très bonne émission enregistrée peut être formidable. Mais une émission en direct, ça n'a rien à voir. C'est pour cela que j'ai fait du direct à la radio pendant dix ans.

Bien sûr, je pourrais dire également que la radio est arrivée « par hasard » dans ma vie, mais ce serait là une allégation un peu simpliste qui pourrait m'être un jour reprochée par ceux qui m'ont aidé à me réaliser. Le hasard a bon dos, il est aussi le fait de tous ceux qui vous veulent du bien.

⁂

J'avais donc terminé l'armée. Ça s'était bien passé, j'avais appris des choses, je m'étais amusé et j'étais dans une forme olympique. Je sortais de ces seize mois encore plus affûté, plus épanoui physiquement qu'après le lycée.

Je m'étais apparemment déprogrammé de la médecine, mais je n'avais pas oublié les derniers mots de Roland Dhordain lorsqu'il m'avait souhaité bonne chance la veille de mon départ : « Quand tu rentres de l'armée, viens me voir... »

Le lendemain du retour, le temps d'enfiler mon seul costume ringard en Tergal gris, je me pointai à la Maison de la Radio. Beaucoup de choses avaient changé pendant mon absence. D'abord, l'immense chantier de l'avenue du Président-Kennedy était pratiquement terminé, ensuite Dhordain était devenu l'un des directeurs de cette gigantesque usine. Le temps d'errer un bon moment dans le labyrinthe circulaire des couloirs, j'ai fini par trouver son bureau. J'ai frappé. Une voix féminine m'a dit d'entrer. Pas de doute, le patron avait vraiment pris du galon. Pour accéder au saint des saints, il fallait désormais franchir un secrétariat où deux cerbères veillaient.

— Bonjour. Excusez-moi, je viens voir monsieur Dhordain.

— Vous avez rendez-vous ?

— Non... Je m'appelle Gérard Klein, et j'ai travaillé à « Inter-service route ». Monsieur Dhordain m'a demandé de passer dès mon retour de l'armée. Je suis arrivé hier, alors me voilà...

— Sans rendez-vous, ce n'est pas possible.

— Bon, donnez-moi un rendez-vous...

— Il faut voir ça avec lui !

Cette fois, c'était Kafka. Pas l'ombre d'un sourire, le regard un brin hostile, elles avaient l'air déterminées à ne laisser entrer personne.

J'ai pensé : « Ça recommence mal, dans la vie civile ! » Il fallait à tout prix que je voie leur patron. Je les regardais s'agiter en attendant que je sorte. Je cherchais à gagner du temps. J'essayais de trouver un argument qui m'offrirait une chance de forcer le barrage. Mais elles m'ignoraient. J'étais là, debout, à danser d'un pied sur l'autre, l'air emprunté. J'ai tenu à peu près trois minutes dans un silence à couper au couteau. Une éternité. J'observais tout, comme à mon habitude. J'essayais de ressentir, de comprendre, de décoder les situations. Tout est important dans la vie, un geste, un coup d'œil en coin à la copine, un mot. Là, j'avais fait le tour, il ne me restait plus qu'à partir et à essayer d'avoir le patron au téléphone pour décrocher un rendez-vous avant les calendes grecques.

— Bon... Eh bien tant pis ! Mais je vous assure, il m'a demandé de passer...

À ce moment, la porte du bureau s'est ouverte sur Dhordain raccompagnant un visiteur. Ma mère m'a toujours dit que j'avais de la chance. Je commençais à y croire.

— Gérard ! Qu'est-ce que tu fais là ?

— J'essaie de venir vous voir, mais elles ne veulent pas.

Il s'est mis à les engueuler. Je dois avouer que je n'étais pas mécontent.

— Allez, entre dans mon bureau, me dit Dhordain.

La pièce était magnifique. Il flottait encore dans l'air une odeur de peinture fraîche et de moquette neuve.

— Alors ?

— J'ai fini mon service. Je suis rentré d'Allemagne hier.

— Ça s'est bien passé, là-bas ?

— Impeccable ! Je suis en super forme. Mais il faut que je me remette au boulot d'urgence. Est-ce que je peux retravailler à « Inter-service route » ?

— Pas de problème. Tu vas aller voir Jasmine, c'est elle qui s'occupe de ça maintenant. Je vais la prévenir.

Jasmine venait de raccrocher le téléphone quand j'ai poussé la porte de son bureau. Elle était au courant et me souriait.

— Il paraît que tu es prêt à retravailler ?

— Oui. Vous pensez que c'est faisable ?

— Bien sûr, pas de problème. Quand ?

— Le plus vite possible...

— Demain, ça te va ?

— Demain, c'est parfait !

— Alors je te mets à 13 heures. C'est bon ?

Ça l'était. Nous étions fin avril. Le lendemain à l'heure dite je reprenais le téléphone avec plaisir, comme si je ne l'avais jamais quitté.

Quelques jours plus tard, Dhordain m'invite à discuter dans son bureau. Cette fois, les secrétaires sont tout sourire.

— J'ai une proposition pour toi. Voilà. Cet été nous allons faire des radios vacances, c'est-à-dire mettre en service dans quelques grandes stations balnéaires des petits émetteurs F.M. qui fonctionneront localement le temps des congés. Ce doit être léger, amusant, une radio de détente et d'insouciance pour juillet-août. C'est aussi pour nous l'occasion d'éprouver des gens nouveaux, de tester de jeunes animateurs sans prendre de gros risques avec nos auditeurs. On met un émetteur à Cannes. Est-ce que ça te dirait ?

— Évidemment, que ça me dirait !

***

Je me suis donc retrouvé à Cannes pour ouvrir l'antenne le 1er juillet 1965. Je ne connaissais pas la Méditerranée. Je découvrais à la fois la ville du Festival international du film, la Côte et la grande bleue. J'avais vingt-trois ans, je regardais cet univers nouveau pour moi avec des yeux d'adolescent. Des hôtels comme le Carlton ou le Majestic déroulant au soleil leurs façades embalconnées pour stars hollywoodiennes, rois en exil et milliardaires de tous horizons, je n'en avais encore jamais vu.

Sur les plages de la Côte, il y a moins d'enfants qu'ailleurs. La population qui s'exhibe va de l'adolescence au monde des affaires ou des mariages réussis. À côté de la plage sportive, où le tout-cinéma de passage a l'habitude de se retrouver, même en dehors du Festival, les matelas blancs et les tapis rouges du Carlton forment un espace reconnaissable entre tous, sillonné par des garçons en spencer, dont les déplacements rapides contrastent avec la nonchalance de la clientèle. Sur la Croisette, dominant tout cela, les drapeaux des hôtels et des nations claquent au vent. À la réception des palaces, aux terrasses des restaurants, dans les bars, dans les boutiques à la mode, un personnel stylé prend les commandes et vous renseigne en trois ou quatre langues. Alentour, une faune particulière s'inscrit dans ce décor unique et coloré. Les prostituées aux lèvres peintes et aux jupes fendues se cachent dans les bars ombragés en attendant le soir. Dans les petites rues, derrière, les commerces et les restaurants grouillent de monde.

Je découvrais avec amusement ce microcosme résumant à lui seul toute la Côte, à quelques particularités locales près, comme je devais m'en assurer par la suite. Mais mon étonnement ne venait pas seulement de ce spectacle. Je découvrais aussi, à mon niveau d'employé, l'existence des notes de frais. Je n'avais encore jamais eu de défraiement pour quoi que ce soit. Je n'imaginais même pas que l'on pût payer les gens pour manger, se déplacer ou se loger. Je croyais naïvement que tout cela faisait partie du salaire. À Paris, je m'étais dit que j'allais me débrouiller avec celui-ci pour vivre le mieux possible. Après mes années difficiles — il y en aurait d'autres plus tard —, j'avais l'impression d'accéder à une sorte de nirvana fait de joie de vivre et d'insouciance.

Quand le micro s'est ouvert, j'avais le trac. Cette fois, j'étais lâché. Je volais en solo à mes risques et périls. Je commençais vraiment à faire de la radio, à parler comme j'avais envie de le faire. Ça m'excitait, ça me donnait envie de raconter des conneries, de me lancer dans de folles digressions. Je me disais que si j'avais le feeling du public, tant que j'étais content, heureux de vivre, que j'avais envie de rire, que je ne me prenais pas au sérieux, ça devait être bon. C'était du direct, j'étais au pied du mur et j'adorais ça !

La vue du micro me stimule. Dès que je suis devant, j'ai envie de parler, de raconter... J'ai commencé à Cannes et ça a duré dix ans.

***

La musique a toujours tenu une grande place dans ma vie. À la radio, c'est un dosage subtil des genres qui doit accompagner les propos, l'humeur, le temps, ou le tout à la fois. Je passais les disques que j'aimais, et j'écoutais les nouveautés que l'on me proposait. Un jour, à Cannes, j'ai vu arriver un petit gars avec des cheveux noirs bien peignés, un 45 tours à la main.

— Bonjour. C'est un disque que j'ai enregistré. Vous voulez bien le passer?

J'ai écouté l'enregistrement avec lui, une fois, deux fois...

— Oui, c'est vachement bien. Ça devrait marcher. Je le diffuserai chaque jour. Je te le promets.

J'ai mis le disque tous les jours, sans exception, jusqu'à la fin de l'été. Le garçon s'appelait Hervé Vilard et la chanson *Capri, c'est fini*...

C'est à Cannes que j'ai côtoyé les premiers homosexuels qu'il m'a été donné de connaître — on dirait aujourd'hui que « j'ai approché la communauté homosexuelle ». À cette époque-là, il était encore étonnant de voir deux hommes ou deux femmes vivre en couple, ou en tout cas il était rare qu'ils s'affichent, quelques vedettes mises à part. Ces choses existaient mais ne s'étalaient pas sur la place publique. Quoi qu'il en soit, les homosexuels que j'ai rencontrés alors avaient une forme d'humour décapante.

Depuis l'enfance, je le dis et le répète, j'ai fait du rire une dimension de ma vie, et je dois reconnaître qu'en la compagnie de ces hommes, je me suis bien diverti. Je les ai souvent trouvés plus fins que beaucoup d'autres.

Entre-temps, j'avais rencontré à Cannes une fille, Chantal, dont le père, un ami de Dhordain, travaillait à la radio. Quelques mois plus tard naissait notre fille Véronique. Chantal travaillait aussi à la radio. Nous nous entendions bien, mais pas au point de passer toute une vie ensemble. Toujours est-il que nos routes se sont éloignées, puis séparées, sans haine ni rancœur : notre fille Véronique assurait le lien.

*
**

Comme prévu, à la fin du mois d'août, Radio-Vacances a cessé d'émettre. L'expérience était terminée et pour la direction de France Inter sonnait l'heure des bilans. Ceux-ci s'annonçaient positifs.

Aussi, dès mon retour à Paris, Roland Dhordain m'a-t-il appelé pour me faire une nouvelle proposition.

— Tu t'es bien débrouillé là-bas. Tu nous as fait rire tous les jours. Tu sais transmettre la bonne humeur et l'enthousiasme, tu ne te prends pas au sérieux. C'est plutôt rare... Ici, chacun est d'accord pour dire que tu dois continuer. Je te propose une émission dans le mois qui vient. À la radio, tout reste encore à inventer. C'est toi qui décides...

— O.K. ! J'y vais. C'est d'accord. Mais j'ai besoin d'apprendre la technique pour me sentir sûr de moi.

— Ne t'en fais pas pour ça. Je vais te présenter quelqu'un qui t'enseignera tout ce que tu as besoin de savoir. Laisse-moi réfléchir...

Quelques jours plus tard, il me présentait à Jean-Marie Houdoux, un réalisateur hors pair, avec qui j'ai effectivement tout appris. Jean-Marie faisait un jeu qui s'appelait « Trois-six-neuf », parrainé par le SEITA [1]. En fonction du nombre de bonnes réponses à nos questions, l'auditeur gagnait des paquets de cigarettes : trois pour une bonne réponse, six pour deux bonnes réponses, neuf pour trois bonnes réponses... Ce serait aujourd'hui impensable, mais dans ces années-là le tabac faisait partie du paquetage du soldat au même titre que les rations alimentaires, et aux États-Unis les producteurs des compagnies du Maryland ne comparaissaient pas encore devant les tribunaux pour atteinte à la santé publique. Le cinéma faisait grand usage de la cigarette à l'écran. Elle était de

1. Avant 1980, on disait *le* SEITA...

tous les climats, de tous les instants dramatiques ; de Welles à Hitchcock, tous la mettaient en scène. Elle était dans tous les imaginaires, avec le chapeau mou et l'inséparable compagne d'Humphrey Bogart, à laquelle il demeura fidèle jusqu'à la fin de sa vie plus qu'à aucune autre femme, fût-elle Ava Gardner. Sur tous les murs d'Europe, le cow-boy Marlboro vendait un art de vivre viril, façon pionniers, avant de plaquer son étendard rouge et blanc sur les Formules 1 d'une prestigieuse écurie ou de vedettes offshore bien vite baptisées « cigarettes », sous l'œil concurrent de la belle Gitane bleue du SEITA. Bref, en ce temps-là, la cigarette accompagnait la vie sociale des hommes, de l'adolescence jusque dans le couloir de la mort, pour les condamnés...

Jour après jour, je découvrais les mécanismes et les astuces du métier. Je m'amusais. Je partais seul avec un technicien et un Nagra [1] pour les enregistrements, et au retour je faisais le montage. Ce n'était guère dans les règles, car à l'époque une équipe se composait généralement de trois hommes : un reporter — ou un animateur —, un porteur de Nagra et un chauffeur. Si le chauffeur ou le technicien était indisponible, le reportage se trouvait annulé !

Jean-Marie m'a initié au montage, à jouer des ciseaux et du ruban adhésif. Il m'a appris à tourner la bande à la main, un peu en avant, un peu en arrière, afin de repérer l'instant de silence juste entre deux mots, la respiration ; un coup de ciseaux en biais, un petit morceau d'adhésif, puis on vérifiait la justesse

1. Magnétophone portable professionnel à bande de haute technicité.

du collage à la tête de lecture, en prenant bien soin de conserver tous les bouts coupés, scotchés à la table de montage, au cas où... Ce n'était pas pour censurer, mais pour condenser, faire tenir en trente secondes ce que l'interviewé avait mis deux minutes à expliquer, parce que le rythme d'une émission exige des temps de parole contrôlés. Et courts ! L'auditeur, qui branche sa radio en faisant autre chose, n'a pas une intense faculté d'écoute. Il faut des entractes musicaux, des interventions de l'animateur pour relancer son attention. Parler dans un micro, c'est un métier.

Si j'insiste tant sur la technique, c'est parce qu'elle est primordiale dans une émission de radio. La radio c'est d'abord de la technique, beaucoup de travail, un peu de talent et peut-être, une fois dans l'année ou dans la décennie, un zeste de génie.

« Trois-six-neuf » marchait bien, comme tous les jeux courts que nous mettions en ondes avec Jean-Marie.

Un jour nous avons appris le départ inattendu pour R.T.L. de Jean Bardin, l'animateur vedette des « Quatre cents coups ». Il fallait trouver un remplaçant d'urgence. « Les Quatre cents coups » était alors l'émission phare de France Inter ; elle disposait d'un gros budget et de moyens en proportion : un studio, dix techniciens, un piano à queue Steinway sur le plateau... Dhordain m'en parle et me dit :

— Gérard, tu vas y aller !

— Pourquoi pas ?

J'étais plutôt surpris, mais s'il me le demandait, c'est qu'il me jugeait capable de le faire. La complaisance ne pouvait être de mise, l'enjeu étant trop gros pour l'antenne.

C'est ainsi que, pour la première émission (en public), je me suis retrouvé à cheval en armure dans une piscine, situation peu enviable pour quelqu'un qui ne sait pas nager... Comme je campais le chevalier du Guesclin (le *gai Klein* : jeu de mots !), il était difficile pour moi d'être accoutré autrement. J'espérais seulement que le cheval n'aurait pas l'idée de se coucher dans l'eau. J'aurais eu l'air malin, avec mon costume en fer-blanc !

J'ai dû animer une bonne dizaine d'émissions dans le même genre. Je m'amusais bien avec le public, mais côté production et plateau je n'aimais pas du tout l'ambiance. Il y avait là une bande d'anciens qui, à mon avis, ont beaucoup abîmé la radio. Ils en faisaient des tonnes, ils se gargarisaient de mots, persuadés d'avoir un talent fou. Ils jouaient avec le public présent sur le plateau, mais ils n'étaient pas en prise avec ceux qui écoutaient leur poste.

Or il faut être « branché » avec les auditeurs ! Quand j'étais dans un studio, derrière un micro, j'avais l'impression de sentir ce qui se passait de l'autre côté. Et si ma voix était portée par les ondes, je ne voyais pas pourquoi les variations d'énergie provoquées par le rire, l'indifférence ou l'insatisfaction des auditeurs, de l'autre côté, ne pouvaient pas revenir en sens inverse, portées par un effet miroir. Je ne pense pas qu'un signal hertzien soit à sens unique. Il y a bien, au théâtre, une relation bilatérale entre la salle et les comédiens; le jeu des acteurs fait réagir la salle, et les réactions du public influencent le jeu des comédiens. Eh bien je pense qu'à la radio c'est pareil ! Dans une émission comme « Les Quatre cents coups », le vrai public n'était pas celui des invités, mais les auditeurs, qu'ils fussent chez eux ou dans leur voiture. Le danger, c'était de l'oublier, et de ne tenir compte que des spectateurs.

Quand il a été bien clair que nous ne voyions pas les choses de la même façon, je suis allé voir Dhordain.

— Voilà, je vais arrêter. Ça ne m'intéresse pas de travailler dans ces conditions-là. Tout le monde commande. C'est une armée de généraux et je ne suis pas d'accord avec eux. Je m'en vais. Tant pis ! Je ne sais pas ce que je vais faire, mais je ne continue pas un truc pareil !

— Laisse tomber l'émission si tu veux, mais attends ! Ne t'en va pas. Vois ce que tu peux imaginer avec Jean-Marie Houdoux...

Justement, avec Jean-Marie, nous avions envie de faire un hit-parade. Avec l'aval de Dhordain, l'émission s'est appelée « Dix-sept dix-neuf, sur dix-huit vingt-neuf », c'est-à-dire qu'elle se déroulait de 17 à 19 heures, sur 1 829 mètres ondes longues, la fréquence de France Inter. Ça a marché immédiatement. Nous avons fait un carton, caracolant en tête des hits, même devant le très célèbre « Salut les copains ». Le retentissement a été tel — tout le monde en parlait — qu'on s'est mis à nous apporter des disques du monde entier.

En fait, nous travaillions avec un Anglais, un homme d'une cinquantaine d'années que nous avions surnommé « Big Ben » et qui fréquentait toutes les boîtes de Londres, en particulier le Marquee Club, où se produisaient la plupart des groupes branchés de l'époque. Un jour « Big Ben » est arrivé avec la bande d'un groupe dont le leader s'appelait Gary Brooker. Celui-ci chantait avec ses copains — dont Keith Read — un truc qui s'appelait *A Whither Shade of Pale.* Et moi, j'étais tellement emballé que j'en ai fait mon indicatif, ce qui n'était pas dans les habitudes du moment. En tout cas, pendant six mois, les auditeurs ont entendu cet air et le disque a démarré en France. C'est même devenu un tube extraordinaire, au point que toutes les radios l'ont repris !

Plusieurs fois on a sorti comme ça, avec Jean-Marie, des disques complètement inconnus qui ont été récupérés ensuite par Europe 1 et R.T.L. Au point que Lucien Morisse, le patron d'Europe, voulait que je le rejoigne !

Cela dit, j'ai souvent dû me battre avec la direction des programmes pour imposer mes choix. Heureusement que les indices d'audience étaient de mon côté, car en général — le public l'ignore souvent — ce n'est pas l'animateur qui choisit la musique diffusée à l'antenne, ce sont les directeurs des programmes.

Or moi, non seulement je choisissais mes disques, mais je les écoutais en direct. Ça n'a l'air de rien et pourtant c'est très important pour le ton de l'émission. D'ordinaire, ça ne se passe pas ainsi. L'animateur arrête de parler, « on » passe un disque, les gens dans le studio discutent entre eux et quand le disque se termine, hop ! la régie fait signe à l'animateur de reprendre son numéro.

Et son numéro arrive parfois comme des cheveux sur la soupe ! Parce que l'auditeur, lui, entend tout : les discours, les pubs, les disques. Et si on le sort d'une chanson qui lui a tiré des larmes avec une grosse blague de potache, on se fout dedans ! Moi, quand je venais d'écouter — avec les auditeurs — *Ne me quitte pas* ou *Les Vieux* de Brel, même si j'aime rigoler, je marquais un temps d'arrêt, ou je faisais un commentaire en phase avec l'émotion ressentie.

Certains jours, c'était limite. Je me souviens en particulier d'un directeur qui n'a pas hésité à faire irruption en plein direct dans le studio pour dire tout haut ce qu'il pensait de mes méthodes. Non seulement je passais ce qui me plaisait, et je le repassais même plusieurs fois dans la journée, mais il m'arrivait de faire comme les gamins qui viennent de s'acheter un disque, c'est-à-dire de le bisser sans attendre ! Or, à part certains directeurs de programmes, personne, dans le public, ne s'en est jamais plaint.

J'ai continué dans le même esprit. Je ne restais dans ce métier qu'à la condition de faire ce qui me plaisait — non par caprice, mais parce que depuis l'expérience du direct à Cannes j'avais découvert cette relation sur le fil du rasoir avec l'auditeur. Tant que je tenais le bon bout, je ne voulais pas lâcher. La planification n'a jamais été mon fort. Avec Jean-Marie, j'ai appris à organiser une émission, mais tout de suite j'ai développé une manière de faire beaucoup plus instinctive. Donc je n'hésitais pas. Je faisais ce que je croyais devoir faire pour remplir mon contrat.

Profitant des gros moyens que France Inter mettait à notre disposition, j'organisais la nuit des duplex avec les États-Unis. J'ai passé des heures au téléphone avec toutes les stars du *rhythm and blues* américain, Isaac Hayes, Dave Porter, Otis Redding, Sammy Davis Jr, Barry White... Soit le public les découvrait, soit il aimait déjà leurs disques mais il ne les avait encore jamais entendus parler en tête-à-tête et en direct avec eux comme ils le faisaient avec moi. C'étaient des entretiens décontractés, chaleureux, curieux, beaucoup plus que des interviews. Les auditeurs ne s'y trompaient pas.

Et quand ces gars-là arrivaient à Paris, la seule personne qu'ils connaissaient à la radio, c'était moi ; le seul numéro de téléphone qu'ils avaient en poche, c'était le mien. Ils venaient me voir et je collectionnais ainsi des plateaux exceptionnels.

Le cher instit de mon cours complémentaire m'avait permis d'avoir un service militaire privilégié grâce à la maîtrise de la langue allemande, et grâce à Bob Certelet — le chantre du Shakespeare populaire du lycée d'Épernay — j'avais pu jeter des têtes de pont entre les passionnés de *rhythm and blues* des deux continents. On n'en finirait pas de mesurer l'importance de l'éducation et son poids sur l'avenir des jeunes. Cette prise de conscience permanente m'inspirera d'ailleurs le besoin de réaliser des émissions récréatives à caractère pédagogique. R.T.L. me fournira bientôt l'occasion de concrétiser ce désir puis, beaucoup plus tard, ce sera *Va savoir*, avec la cinquième chaîne de télévision.

Pour satisfaire ma boulimie de radio et d'action, je réalisais également le dimanche une émission de pure détente qui s'appelait « La Clé sous le paillasson ». Là, je m'en donnais à cœur joie, en parodiant sur les play-back des chansons connues. J'aimais chanter et j'en profitais pour me défouler. J'écrivais les paroles, j'enregistrais les pastiches des succès à la mode, et ça marchait à fond, tant et si bien que je travaillais tout le temps, pratiquement sept jours sur sept. Je ne voyais pas le temps passer.

⁂

Cette année-là, en 1968, j'appris la mort de mon père. J'étais chez Pierre Perret, nous bavardions avec sa femme en attendant le retour de Pierrot. Le téléphone a sonné — je ne sais pas comment on m'a trouvé, peut-être en appelant à la radio —, c'était pour moi. Les pompes funèbres d'Antibes-Juan-les-Pins me demandaient de venir enterrer mon père. En fait, ils me demandaient surtout de venir payer les obsèques, parce qu'il n'y avait personne d'autre pour le faire.

Je suis donc allé enterrer mon père. C'était bête, c'était triste. Je n'avais guère eu de contacts avec lui depuis qu'il avait quitté la maison. Il était jeune, il avait cinquante-sept ans, mais il était malade. Il buvait beaucoup et son foie n'était pas en bon état.

Il a été victime d'une hémorragie interne dans la nuit, à Antibes, d'après ce que m'a dit le médecin.

À présent, je suis plus vieux que mon père. Je ne l'aurai jamais connu à mon âge. C'est une sensation étrange. Tant que quelqu'un vous a précédé sur une route, elle vous semble balisée. Même si votre père n'a pas fait grand-chose pour vous, il est là. Tandis que dans mon cas, j'ai l'impression de partir à l'aventure, sur des pistes vierges, à défricher...

***

Et puis mai 1968 est arrivé. Dans ce que les journalistes appelleront « le Palais gruyère », la plupart des gens de radio ne pensaient effectivement qu'à sauver leur fromage. Tout le monde jouait à la révolution. Il y avait de l'intello et du faux cul dans l'air, dans des proportions inimaginables. Les discours s'en ressentaient : *Beaucoup de bruit pour rien,* on nageait en plein Shakespeare. Quant aux ardents révolutionnaires maison, qu'ils aient ou non quitté l'avenue du Président-Kennedy, aujourd'hui ils occupent tous des postes élevés avec des situations intéressantes et des salaires conséquents. Il faut bien que jeunesse se passe.

À France Inter, on déclamait ferme en se regardant le nombril ; pendant ce temps, les journalistes d'Europe 1 collaient au terrain, une tête devant leurs confrères de R.T.L. Les nôtres ne leur faisaient pas ombrage. Pour avoir la température de la rue et savoir la tournure que prenaient les événements, ce printemps-là, il était préférable d'emprunter les périphériques.

À la Maison de la Radio, les syndicats tenaient le haut du pavé, c'est-à-dire qu'on passait son temps à contester tout et n'importe quoi, mais en se cramponnant à son siège. Drôles de révolutionnaires !

Un jour, au studio, je reçois un appel d'Edmond de Rothschild. C'était plutôt inattendu, mais ses propos l'étaient encore plus.

— Je vous écoute souvent, et c'est la raison pour laquelle je vous téléphone. Voilà, je voudrais faire quelque chose pour aider les gens de la radio qui sont en grève, car j'imagine qu'ils doivent commencer à avoir de sérieux soucis de trésorerie.

J'étais stupéfait. Il m'a proposé un rendez-vous le lendemain. J'en suis revenu avec un chèque de soutien de vingt mille francs — tiré sur la banque Rothschild —, ce qui représentait à ce moment-là une somme assez considérable. Je me suis directement rendu au comité de grève, persuadé d'être bien accueilli. J'ai très vite déchanté.

— Qu'est-ce que c'est que ça ? Rothschild ? Tu ne t'imagines tout de même pas qu'on va prendre le pognon des riches, non ? Et puis quoi, encore !

À l'issue d'une discussion ubuesque, ils ont fini par accepter le chèque, moyennant un reçu établi à mon nom. Il n'y a rien eu à faire pour qu'il soit libellé à celui du donateur. On a des principes ou on n'en a pas. Quant à l'argent, j'imagine qu'il a fini par servir à quelque chose...

Les événements se sont tassés, comme chacun sait. Les révolutionnaires se sont bien recasés au chaud. Bref, tout est rentré dans l'ordre. J'aimais de moins en moins cette atmosphère. Dans mon studio, heureusement, je continuais à faire mes émissions à la sauce Houdoux-Klein. À cette époque, j'avais rencontré Marie Laforêt et nous faisions un brin de route ensemble. Je chantais pour mon plaisir — pas seulement des parodies. Nous avions d'ailleurs enregistré avec Marie un duo qui marchait bien, *Les Vendanges de l'amour*. Le temps de nos propres vendanges, riches et joyeuses, a duré un an...

En attendant, après cet étrange printemps et les révolutions de palais, j'éprouvais le besoin de respirer un air plus pur. Comme Marie partait chanter au Canada une semaine, je décidai de l'accompagner. Or je n'avais pratiquement pas le droit de bouger. C'était sept jours sur sept et douze mois sur douze. Quand un animateur a le vent en poupe, on a toujours peur qu'il s'en aille offrir ses talents à une autre station. Alors on l'enferme, ce qui fait qu'un jour, nécessairement, il s'échappe. Et pourtant je ne voulais pas partir pour la concurrence, mais pour le Canada. Qu'importe ! Si j'avais sollicité une autorisation, on me l'aurait refusée. En conséquence, j'avais pris mes précautions en enregistrant pour une fois mes cinq émissions hebdomadaires — normalement diffusées en direct — avant de prendre l'avion.

Le hasard a voulu qu'au troisième jour de ma fugue, Roland Dhordain appelle le studio.

— Dis à Gérard de venir me voir après l'émission, j'ai quelque chose à lui dire.

— Gérard aura du mal à venir vous voir, lui rétorque le technicien, il est au Québec et il rentre lundi. Il a enregistré la semaine avant de partir.

Dhordain ne le savait pas. Je ne lui avais pas

demandé la permission pour ne pas essuyer un refus qui m'aurait mis dans l'obligation de renoncer à mon voyage ou de passer outre, avec les conséquences inévitables que cela aurait entraînées. Nous y arrivions de toute façon !

Le jour de mon retour, je me suis retrouvé dans le bureau du patron pour m'entendre dire que j'étais viré. C'était logique. Il avait raison. Je lui ai répondu « d'accord ! » et je suis rentré chez moi.

IV

ONDES DE CHOC

Trois jours plus tard, j'avais Raymond Castans, le patron de R.T.L., au téléphone.

— Gérard, je sais que vous êtes parti de France Inter, commença-t-il de sa bonne voix rocailleuse. Est-ce que vous voudriez venir chez nous, à R.T.L. ?

— Pourquoi pas ?

Il m'a donné rendez-vous Chez Francis, la célèbre brasserie-restaurant du pont de l'Alma, et nous avons parlé. À la fin de l'entretien, il m'a demandé :

— Concrètement, combien voudriez-vous ?

— Vingt mille francs.

— Bon. On en reparle demain.

Je lui avais balancé un chiffre comme ça, par bravade, en fait le triple de ce que je gagnais à France Inter (six mille francs), plus une prime de deux mille francs que je m'octroyais pour faire un compte rond !

Nous nous sommes retrouvés le lendemain, toujours Chez Francis, devant un Coca. Après quelques propos d'usage, Castans m'a lancé :

— Dix-huit mille, ça irait ?

— Quand même, vous mégotez pour deux mille francs ?

— Ne vous inquiétez pas, vous les rattraperez largement, parce que vous allez faire des pubs pour les clients maison sur l'antenne. C'est très bien payé.

— Bon, c'est d'accord !

Je riais sous cape. Je venais de tripler mon salaire... Je me suis dit que j'avais bien fait de me fier à mon instinct. J'ai vite compris qu'il fallait oser demander quand on voulait vraiment quelque chose.

Il faut reconnaître que c'était la grande époque de la radio. Les animateurs vedettes que les stations s'arrachaient étaient payés très cher. Un garçon comme Rosko, qui arrivait en Rolls-Royce au studio, gagnait cinquante mille francs par mois. Cela peut paraître énorme, mais passé un certain seuil les salaires devenaient fonction des retombées publicitaires déclenchées par les émissions. Plus l'audience était forte, plus la tranche horaire était demandée, plus les prix montaient.

Comme Raymond Castans me l'avait laissé entendre, on me pria bientôt de faire des publicités pour les annonceurs ; elles étaient effectivement très bien rémunérées et, grâce à cela, j'ai largement dépassé les deux mille francs de récupération qu'il m'avait promis.

***

Je suis resté à R.T.L. environ quatre ans, à tout faire, tout essayer, dans une ambiance sympathique, explorant une à une les tranches horaires des programmes. Mais là où je me suis particulièrement fait plaisir, c'est en aidant les enfants et les adolescents, de la sixième à la terminale, à faire leurs devoirs.

À travers ma propre expérience, j'avais pu me rendre compte que l'enseignement pouvait parfois être rébarbatif, selon les matières et en fonction des professeurs. Le savoir est une chose, la pédagogie en est une autre. Or, paradoxalement, les professeurs ne sont pas tous des pédagogues. Et quand un prof n'a pas le sens de la pédagogie, ses élèves prennent en grippe la matière qu'il enseigne. Dans ce cas, le prof prend à son tour en grippe les « mauvais » élèves, et l'on n'en finit pas. C'est comme ça que l'on casse des scolarités.

En concevant mon émission, je pensais aussi à tous les adultes qui n'ont pas pu faire d'études et se trouvent donc incapables de pousser leurs enfants, tout en nourrissant un sentiment d'amertume et de culpabilité. Il devait être possible de les aider à se sentir davantage dans le coup sans pour autant jouer au maître d'école — ils auraient fermé le poste.

Pour arriver à mes fins, je m'étais entouré d'une bande de jeunes enseignants brillants et décontractés, des profs de maths, d'histoire, de philo, de physique, qui avaient une conception pédagogique de leur métier et faisaient en sorte que leurs élèves prennent confiance en eux. Ils pensaient qu'à peu près n'importe qui pouvait accéder à n'importe quelle matière, pourvu qu'on lui explique les choses en fonction de sa propre logique, et qu'on le conforte jusqu'à ce qu'il parvienne de lui-même au résultat. Lorsque la peur de l'échec ou du ridicule est dépassée, quand on commence à s'ouvrir, on commence également à réussir.

En fin d'après-midi, à l'heure des devoirs, on prenait au téléphone des jeunes qui éprouvaient des difficultés à résoudre un problème ou à traiter un sujet de français, d'histoire, de philo ou d'anglais, et le ton était tout de suite donné.

— Alors, qu'est-ce qui ne va pas ? D'abord, tu es en quelle classe ?

— Eh ben moi je suis en terminale, et on a un devoir de philo auquel je ne comprends rien. Le sujet, c'est : « La pensée positive peut-elle influencer le comportement ? » Je ne sais pas par quel bout attraper ça...

— Oh là là, mon pauvre ami ! Écoute, ce n'est pas moi qui vais faire le devoir, mais peut-être que...

Je lui passais le prof de philo s'il était dans le studio, ou bien je le mettais en ligne s'il était chez lui ce jour-là, et nous commencions à dialoguer avec le garçon au téléphone. Ça prenait aussitôt.

— Qu'est-ce que tu en penses ? demandais-je au prof.

— Alors voilà, il faut qu'il parle de la pensée positive en disant que...

Là on avait, grâce à la radio et mine de rien, le moyen de faire travailler tous ceux qui écoutaient, qu'ils eussent ou non des connaissances en philo, y compris les adultes qui n'avaient peut-être jamais entendu parler de la pensée positive. C'était une manière pour l'étudiant de ne pas rester le nez bloqué sur le sujet, de l'aborder avec une apparente légèreté, au point qu'il ne se rendait plus compte qu'il était en train de travailler.

D'ailleurs, assez rapidement, il se mettait à parler d'une autre manière. Le ton de sa voix changeait. Il prenait de l'assurance, exprimait ce qu'il avait compris dans ce que lui avait dit le prof de la radio. Très vite, on se mettait à plaisanter.

— Je ne voudrais pas être à ta place, mon gars, disais-je. Je suis bien content d'être de ce côté-ci du micro !

Avec le prof de maths — un jeune type hyper-doué et hyper-sympa —, je m'évertuais à dédramatiser les mathématiques.

— Fastoche ! C'est pour ça que tu t'en fais ? Mais c'est facile comme tout, ce genre de problème !

— Hein, quoi ? s'exclamait l'étudiant à l'autre bout du téléphone.

Évidemment, je me permettais ce genre de sortie sur des trucs absolument incompréhensibles en première lecture. À ce moment-là, je faisais semblant de prendre le professeur à partie.

— Bon, bien, alors vas-y, toi, puisque tu es là... Raconte-nous un peu comment il faut faire pour résoudre ce problème. Et puis dis-nous un peu où est la poésie là-dedans, toi qui nous affirmes que les maths c'est de la poésie... On t'écoute !

Tout le monde se mettait à rire, l'étudiant en premier. Et le travail commençait. Le prof guidait le jeune mec jusqu'à ce qu'il soit sur les bons rails pour aller au bout de son devoir. Il lui donnait toutes les indications nécessaires, sans faire pour autant le travail à sa place.

— À la fin de ton raisonnement, tu obtiens tel résultat — tu verras, maintenant tu ne peux pas te tromper —, mais ce qui est intéressant c'est de savoir que le moyen le plus simple pour y arriver, c'est ce que l'on vient de faire ensemble...

Tout cela restait très souriant. On avait des retours extra. Les jeunes, ou leurs parents, nous appelaient pour nous dire la note qu'ils avaient décrochée, ou bien encore qu'ils avaient complètement changé, qu'ils s'intéressaient désormais à telle ou telle matière depuis qu'ils avaient découvert une autre façon de l'aborder.

J'ai beaucoup aimé faire ça, pour les adolescents d'abord et puis à la mémoire de tous les « instits » de la race des Poillot, et des maîtres de la trempe de Bob Certelet, dévoués à leurs élèves comme à leur métier. À travers moi, ils ont rendu de fiers services à pas mal de jeunes qui, devenus parents à leur tour, ne regarderont plus jamais les études comme avant et en feront bénéficier leurs propres enfants.

Mon émission n'était pourtant pas considérée comme une émission pédagogique. Nous en étions restés au divertissement, et ça m'allait très bien. En réalité, j'ai fait ce truc dans l'esprit qui régnait lors de nos rares réunions de famille, lorsque j'étais petit. D'une certaine manière, j'ai beaucoup décliné *La Besace...* En travaillant avec des enfants, j'ai retrouvé le sens et les significations profondes du rire. Les enfants piquent de vraies crises de rire pour rien ; les femmes aussi, d'ailleurs, alors que les hommes ne rient pas. En tout cas pas facilement. Je ne vis moi-même qu'avec des filles, puisque nous en avons quatre avec Françoise, chacun une d'un premier mariage et deux ensemble, ce qui fait déjà cinq femmes à la maison ; et quand ma mère, ma sœur et la mère de Françoise sont là, avec mon beau-père

Maurice nous nous trouvons deux hommes au milieu de huit nanas. Eh bien à peine se sont-elles réunies que les rires fusent, comme ça, spontanément. Le premier vient de la cuisine, peu après c'est dans le jardin ou à l'étage, le rire court dans toute la maison avant de s'épanouir à table. Dans ces cas-là, il y a deux attitudes possibles. Ou bien l'homme dit : « Arrêtez, on ne s'entend plus ! », auquel cas les rires redoublent généralement d'intensité, ou bien il essaye de comprendre et de prendre le train en marche. Mais le plus souvent il n'y a rien à comprendre, et c'est là que le phénomène devient intéressant. Bergson a écrit sur le sujet un remarquable traité [1] que je trimballe partout, et dont je me suis servi pour approfondir mes intuitions. En tout cas, ce dont je suis sûr, c'est que rire ne fait pas obstacle à l'enseignement, bien au contraire.

J'avais envie, en quelque sorte, d'aider les jeunes à trouver l'instruction moins chiante. Il n'y a aucune raison pour que l'enseignement et l'accession à la culture ne soient pas un plaisir.

***

Bien qu'à R.T.L. nous jouissions d'une liberté appréciable, j'ai encore une fois rencontré des problèmes avec le directeur des programmes. Toujours à propos d'une autorisation d'absence — on se serait

1. *Le Rire* (1900) de Henri Bergson (1859-1941), philosophe français atypique de renommée internationale, membre de l'Académie des sciences morales et politiques, professeur au Collège de France.

cru au collège —, seulement ce coup-ci l'objet n'en était pas un voyage au Québec mais un tournage de film.

J'avais participé à une série d'émissions consacrée à des réalisateurs de cinéma. Avec Claude Sautet, ce fut épatant. Je l'avais déjà vu un certain nombre de fois à la station, aussi — le jour de sa venue — étions-nous très complices. Je parlais, j'intervenais avec lui et ça marchait parfaitement bien. Quand nous avons terminé, il m'a pris à part et m'a dit :

— Je vais te faire tourner.

— Ah bon ?

— Oui, je prépare en ce moment un film qui devrait te plaire, ça s'appelle *Max et les ferrailleurs*, un super polar avec Michel Piccoli et Romy Schneider. Il y a un rôle pour toi là-dedans. Tu réfléchis, et tu me donnes ta réponse.

— C'est tout réfléchi. Pour moi c'est d'accord, mais il faut d'abord que je voie avec la station.

Je suis donc allé trouver le directeur des programmes, pour négocier l'affaire.

— Voilà, Claude Sautet me dit qu'il a un rôle pour moi dans son prochain film. Ça m'intéresse. Je viens voir comment on peut s'arranger, si on me remplace, si je viens le matin pour préparer, ou toute autre solution. Je devrais être absent quinze jours ou un mois maximum, je vais être fixé très vite. Qu'en pensez-vous ?

— Je pense qu'il faut choisir ! Vous avez un contrat avec nous, il n'est pas question de faire du cinéma.

— Pourtant, c'est bon pour la notoriété comme pour l'audience de la station.

— Pas question !

Devant tant de compréhension, je n'ai pas cru bon d'insister. En fin de compte, c'est Michel Creton qui a pris le rôle que je devais avoir.

Heureusement, le cinéma allait revenir à la charge un peu plus tard et me donner la joie d'approfondir un nouveau métier tout en nouant des amitiés avec quelques êtres d'exception comme Romy Schneider, Michel Piccoli, Marcello Mastroianni ou Harrison Ford...

⁂

Avec le recul, je suis toujours frappé de voir combien ma vie ressemble à un vaste puzzle dont les pièces s'emboîtent parfaitement, quand bien même je ne peux rien discerner sur le moment. C'est une banalité de le dire, mais avec le temps tout prend un sens, y compris les passages difficiles. On ne vit rien par hasard. Quand les choses doivent se faire, elles se font. J'ai pu m'en rendre compte à plusieurs reprises, en particulier en ce qui concerne les lieux où j'étais amené à vivre, et ma vie privée.

Ainsi j'avais longtemps habité en appartement, mais je rêvais d'une maison. Question de surface, de volumes et de façon d'être. Nous étions devenus de bons amis avec Johnny Servoz-Gavin, l'un des pilotes de l'écurie Matra de Formule 1 de l'époque. Un jour où il venait de visiter à Saint-Léger-en-Yvelines un domaine avec cent hectares de forêt, il me confia :

— C'est un endroit splendide. Moi, ça ne m'intéresse pas, mais toi, ça te plairait sûrement. La propriétaire cherche à louer, pas cher du tout, pourvu qu'on retape les toitures. Tu devrais l'appeler et aller la voir.

Ce que j'ai fait. La dame demeurait à Paris. Le courant est bien passé entre nous. « Le Clos Renard » m'a tout de suite plu et j'ai dit que j'étais d'accord pour le louer. Les conditions étaient très acceptables, seulement il me fallait quand même de quoi entreprendre les travaux. J'ai demandé à R.T.L. une avance qui m'a été accordée — ils ont toujours été très cool à ce sujet —, et avec les copains on a remis les toits en état. Grâce à cet arrangement, j'ai pu habiter à la campagne pendant plusieurs années dans d'excellentes conditions.

Je me suis rapidement fait un copain de Bernard, le boucher. Nous avions des conceptions identiques sur l'élevage, et nous profitions de l'immense domaine pour héberger des faisans et des poules. Je retrouvais la nature, les bêtes, les odeurs de terre et mes rêves d'enfant...

Bernard possédait un terrain à Saint-Lubin, son village natal, tout près de Houdan, sur lequel il voulait construire sa maison. Quand nous en avions l'occasion, nous partions tous les deux là-bas pour préparer les lieux, défricher, couper les arbres... C'est ce qui m'a fait aimer ce coin des Yvelines. Aussi, lorsque j'ai dû quitter « Le Clos Renard », j'ai vite repéré une petite baraque à acheter dans les environs. Quand j'ai dû m'en séparer, bien des années plus tard — au moment où je suis parti travailler à Radio Monte-Carlo — je l'ai revendue à un ami, Alain Chassagne. Or Alain est originaire de

Blesle, dans la Haute-Loire. Il allait me faire découvrir son village par la suite.

La boucle a été bouclée. Aujourd'hui je réside à Houdan, nous avons notre hôtel-restaurant à Blesle, et l'exploitation où je fais de l'élevage se situe à quelques kilomètres de là. L'histoire serait banale si au terme de ce cheminement qui s'est accompli pas à pas — durant une vingtaine d'années — je n'avais trouvé mes marques pour faire ce que je désirais vraiment faire, là où je devais le faire, contre vents et marées. Les bonnes connexions se sont établies sans problème.

Sur le plan de ma vie privée, je n'en dirais pas autant. J'ai rencontré Gloria, par hasard, fin 1969. J'étais allé faire une émission à Avoriaz, une des stations du show-biz et de la jet-set où elle tenait une boutique de fringues appartenant à Jean Bouquin, un copain de Brigitte Bardot. Pendant mon séjour nous nous sommes beaucoup fréquentés et, ensuite, je suis retourné la voir. Elle était chilienne. Avec Sueva et Monique (« Momo »), c'était l'une des trois copines intimes de Bardot. Je me suis donc retrouvé au milieu de la bande de la star. Mais ce n'était pas mon ambiance. Je préférais une vie plus rustique, ce qui ne m'a pas empêché de garder, des années durant, des liens amicaux avec Brigitte et un certain nombre de figures des nuits parisiennes.

Lorsque j'en ai eu l'occasion, je suis parti au Chili avec Gloria et nous nous sommes mariés à Santiago, en janvier 1970. Le pays me séduisait et, au fil du temps, j'ai sérieusement songé à m'y établir. Nous faisions des allers et retours entre la France et le Chili, ce qui me coûtait une fortune en billets d'avion, mais je n'avais pas d'autre solution pour mener une vie commune à peu près satisfaisante. Nous avons marché comme ça quelques années. Gloria partait souvent. Je me suis efforcé de croire que les choses étaient bien ainsi. Elles l'étaient sans doute en apparence, mais pas sur le fond.

Un an après notre mariage, en 1971, le destin me fit un petit clin d'œil dont je reparlerai plus tard — car il n'est pas sans humour —, puis un second en 1975, avant de me montrer clairement les cartes au moment où je traversais le pire des creux que j'aie connus dans mon existence, en 1978. Là je pris conscience qu'en ce qui concernait mon parcours amoureux, j'avais tout faux dès le départ ! Mais étais-je prêt, en 1971, pour la belle aventure ? Et n'aurais-je pas gâché mon jeu si je l'avais pris en main dès le début ? Quand je regarde en arrière, je m'aperçois que j'avais en réserve un certain nombre de folies douces à épuiser, avant d'être capable d'aborder sereinement l'autre versant de ma vie.

⁂

Au bout de quatre ans, j'ai vraiment eu l'impression d'avoir fait le tour de la question à R.T.L., et j'ai décidé de m'en aller. Ce n'était ni évident, ni facile, mais j'avais envie de faire de l'élevage. J'avais l'impression que le moment était venu de réaliser mon vieux rêve d'enfance. Pourquoi pas au Chili ?

Plus j'y pensais, plus je me disais qu'il était temps

de sauter le pas, d'acheter une ferme et de m'installer là-bas. La décision prise, j'ai tout donné à mes amis, meubles, machine à laver, réfrigérateur, et j'ai plié bagage. Je partais léger, emportant juste un sac de voyage et mille francs. J'avais pas mal de choses au Chili, notamment de l'argent et un appartement qui m'attendaient. C'était un vrai départ sans retour programmé.

En arrivant là-bas, au bout de trois jours je me suis rendu compte que je n'étais pas le bienvenu dans la famille de Gloria. De toute façon, il y avait maldonne sur toute la ligne. J'avais envie de vivre au Chili, et Gloria voulait vivre en France ; j'aimais ce pays, mais le besoin d'aventure qui me poussait à y creuser mon trou répondait à une quête personnelle qui n'avait rien à voir avec la géographie. Pour aller au bout de cette quête, il n'était pas nécessaire de faire souche à l'étranger. On ne se quitte jamais soi-même. Ce n'était pas en transportant mes rêves sur des contrées lointaines qu'ils allaient s'accomplir. Il fallait d'abord que je sois mûr moi-même, or je manquais de maturité.

Je n'en étais pas à ma première tentative d'enracinement sur cette terre qui semblait m'appeler si fort. Cette fois-ci, je l'avais compris, serait la dernière. Je reviendrais, certes, mais en touriste. J'ai donc rebouclé mon sac, rempoché mes mille francs, et je suis rentré en France. En tout et pour tout, j'étais resté là-bas treize jours ! La vie reprenait son cours comme avant. J'allais refaire de la radio, voir du côté d'Europe 1 où j'avais très envie de travailler, particulièrement depuis les événements de mai 1968.

⁂

Le passage à vide a duré plusieurs mois, pendant lesquels je n'ai pas fait grand-chose. J'attendais qu'on m'appelle, et à Europe on attendait que je fasse les premiers pas. J'avais gagné pas mal d'argent, mais de toute façon il entrait d'un côté et ressortait de l'autre. Au fur et à mesure que le temps passait, ça devenait de plus en plus dur. Je me retrouvais seul dans un appartement dont j'avais du mal à payer le loyer, je n'avais pas de travail, et j'avais envie de « vivre », comme on dit quand on s'apprête à faire des conneries. Les copains m'invitaient en boîte, on buvait comme des trous, on rencontrait de drôles de filles, je m'enlisai un temps dans une aventure périlleuse, je traînais, je me couchais à l'aube, je ne faisais rien pour sauver ma vie.

Autrefois on appelait ça « jeter sa gourme », et peut-être ces excès furent-ils nécessaires pour me libérer de tout désir de mener une vie de patachon quand j'aurais rencontré la femme qui m'était vraiment destinée !

Nous n'en étions pas encore là mais peu à peu je me suis vaguement repris. Et j'ai pu rejoindre Europe 1.

⁂

Europe 1 est la station que j'ai préférée entre toutes. Elle m'avait toujours attiré. J'avais envie d'y aller depuis qu'en Mai 1968 j'avais pu admirer le travail de ses journalistes pendant les événements. Ils s'étaient montrés les plus performants sur le terrain.

Vivants, brillants, attentifs, sans autre préoccupation que celle de rendre compte de la réalité de la rue et des courants d'opinion qui fleurissaient comme les champignons après l'ondée.

La connexion a fini par s'établir au terme de mes quelques mois de traversée du désert. C'est Maurice Siégel qui m'a accueilli, un vrai grand patron qui avait su donner son dynamisme et ce ton inimitable de liberté à la station. Il avait de la gueule, il parlait fort, avec un accent parisien prononcé, à la Maurice Chevalier, façon canaille. Il émanait de lui une ardeur communicative. Juif chaleureux, il avait le sens du groupe, de la tribu, le sens des autres. Il ne travaillait pas pour sa gloire, il œuvrait avec ses journalistes et ses animateurs, au rythme de l'actualité, pour faire exister une certaine idée de la radio porteuse de vie. Il était toujours accessible. Pas de problèmes avec lui : c'était « oui », c'était « non », mais tout de suite; il donnait sa réponse sur l'instant. Il ne vous faisait jamais attendre, ce qui est très appréciable — et plutôt rare — dans des univers où la plupart des gens cherchent à se couvrir vis-à-vis du grand patron ou des actionnaires.

Il est vrai que le propriétaire de la station, Sylvain Floirat, était une autre figure de légende. Lui qui régnait sur tant d'affaires avait une prédilection pour la radio. Un jour, en rentrant déjeuner chez lui, il avait dit négligemment à sa femme :

— Tiens, au fait, j'ai acheté une radio.

— Tu sais, nous en avons déjà plusieurs...

— Non, non, ce n'est pas ça. Je viens d'acheter une radio, pas un poste, une station de radio...

Il venait d'acquérir Europe 1 ! Sylvain Floirat était

d'une autre époque, celle des Marcel Dassault, des Marcel Bleustein-Blanchet, des Pierre Lazareff, des Henri Smadja, et de tant d'autres bâtisseurs. Une génération d'entrepreneurs qui agissaient par passion. C'est d'ailleurs ce que Siégel et Floirat avaient en commun : la passion, une sorte de feu intérieur joyeux qu'ils communiquaient à toute la maison.

Je fus vite engagé. J'étais libre de faire à l'antenne ce que je voulais. J'avais carte blanche. Eux aussi avaient acheté du Klein pour voir ce que cela donnait, notamment sur les tranches horaires du matin où il y avait peu de publicité. En quelques semaines, les spots se sont mis à affluer. Les annonceurs collaient à la courbe d'audience et celle-ci grimpait en flèche. Je reconnais avoir été bien aidé par les auditeurs qui, à cette époque, semblaient avoir envie de prendre la vie du bon côté.

Par la suite, j'ai bien entendu fait toutes les tranches horaires, mais toujours de cette manière décontractée à laquelle j'étais attaché. Par bonheur, cela correspondait au fameux « ton Europe » que Siégel avait su créer en arrivant à la station.

J'ai d'abord réalisé pendant deux mois des directs chez les artisans. J'avais envie de les faire mieux connaître, de faire passer des histoires d'hommes, de métiers, de vocations, au cours de conversations à bâtons rompus. Les auditeurs avaient l'impression d'être avec moi dans la cuisine ou dans l'atelier du gars. C'était simple, intimiste, drôle et sans prétention : une rencontre, destinée à passer un moment agréable ensemble tout en découvrant des univers que l'on ignorait en général. Un bon dosage entre la distraction et la pédagogie. Il faut dire que, en ce temps-là, rien n'était découpé en tranches comme aujourd'hui. Il n'y avait pas les émissions de divertissement d'un côté, et l'information de l'autre. La radio était une, à l'affût de la vie et de l'aventure humaine, quelle qu'elle soit. Les choses sérieuses pouvaient être traitées de manière détendue, et les choses légères avec un fond de sérieux, mais justement... personne ne se prenait au sérieux. Dans ces années post-soixante-huitardes, l'atmosphère était légère, les auditeurs avaient de l'humour. À présent, le climat est plus lourd. Les gens sont pour beaucoup préoccupés par leur survie, par une situation plus difficile à vivre aujourd'hui qu'autrefois dans le monde du travail. Les jeunes se posent des questions sur leur devenir. Il est compliqué pour eux d'avoir de l'ambition. Ils ont trop souvent l'impression qu'ils n'arriveront jamais à rien. Entre la radio, la télévision et les journaux, ils sont régulièrement abreuvés d'informations plus ou moins catastrophiques en provenance des mille coins de la planète. Ça n'arrange rien. La mondialisation apparaît davantage comme une menace que comme une évolution ou un progrès. Pour beaucoup elle s'apparente à une catastrophe naturelle, et ce ne sont pas les tragiques événements de septembre 2001 qui vont atténuer ce sentiment.

Nous, nous avions la chance de connaître une époque d'insouciance qui, d'une certaine façon, rappelait celle de l'après-guerre, celle de mon enfance. La relation avec le public était simple, directe et chaleureuse. Mes émissions marchaient très bien et la publicité affluait. Cela m'incita à solliciter un rendez-vous avec Sylvain Floirat. Il me reçut en présence de Maurice Siégel.

— Je pense que vous devez être satisfait des recettes publicitaires sur ma tranche horaire. Il n'y avait rien quand je suis arrivé et, maintenant, c'est à peine si nous parvenons à caser toutes les pubs. Je viens donc vous demander d'être payé en conséquence. Si je m'en allais demain, le temps que vous retrouviez un animateur qui fasse entrer autant d'argent, ça vous coûterait sans doute cher !

Floirat souriait doucement.

— Hé, petit, tu sais que tu n'es pas bête, toi ?

Et s'adressant à Siégel, il ajouta :

— Il faut augmenter Gérard. Un peu ! Tu ne crois pas ?

Maurice a poussé un juron avant de se mettre à rire avec le patron. J'avais gain de cause, mais ils n'étaient pas perdants, et ils le savaient. Je dois dire qu'ils ont toujours été réguliers envers moi. Ils ne considéraient pas l'argent comme un péché mais comme un fruit, et il leur paraissait normal, à l'heure de la récolte, d'en abandonner une part à ceux qui avaient travaillé pour l'obtenir.

Europe 1 était unique en ce sens que nous formions une vraie famille : journalistes, animateurs, publicitaires, tous nous entretenions une relation affective avec la station. C'étaient même des relations passionnelles ! À l'époque, les gens d'Europe vivaient leur métier de cette façon, à cause de Siégel et de Floirat.

Floirat était familier, dans tous les sens du terme,

et il était aimé pour ça aussi. Vous lui disiez bonjour dans un couloir, il s'arrêtait et bavardait un instant avec vous. Jamais il ne jouait les propriétaires. Son grand talent, c'était de partager la station avec nous. Comme nous la faisions marcher, il considérait qu'elle nous appartenait également. Il goûtait l'atmosphère qui y régnait et rien ne le réjouissait davantage qu'un mariage entre deux salariés de la maison.

— S'il y a des mariages c'est que les gens s'aiment bien, et si les gens s'aiment bien c'est que l'entreprise marche bien, avait-il coutume de dire.

Au fond, nous étions tous amoureux de la même femme, sans esprit de concurrence. L'important consistait à faire tourner la machine le plus parfaitement possible, à l'accorder comme un violon et à en jouer pour notre plus grand plaisir en nous amusant comme des fous. Il suffisait de voir les soirées d'élections, présidentielles ou autres : c'était la réunion du clan ! Il y avait bien sûr des gens de l'extérieur, des invités, mais tous ceux qui travaillaient à Europe étaient là : direction, journalistes, techniciens, secrétaires, garçons de courses, pas un ne manquait. Tout le monde se connaissait et tout le monde s'appréciait. Il régnait une ambiance extraordinaire. Je n'ai jamais retrouvé ça dans une autre station de radio.

Et puis, un beau jour, Maurice Siégel s'en est allé vers de nouveaux horizons. Une fois encore il innovait, en dégageant avec *V.S.D.* un créneau week-end dans le marché des news magazines. Jean-Luc Lagardère a repris la station. À partir de là, plus rien n'a été pareil. En très peu de temps, nous sommes passés d'un état d'esprit familial à des méthodes d'entreprise. Du jour au lendemain il y a eu des portes automatiques à l'entrée, avec des cartes magnétiques, des vigiles... Lagardère n'est pas en cause dans tout cela, et au fond heureusement qu'il est arrivé, car l'époque avait changé. Autres temps, autres mœurs. Mais ça faisait tout drôle.

*
**

En dehors de Coluche — pour moi un grand parmi les grands —, deux personnes m'ont particulièrement marqué à Europe : Maurice Gardett et Maurice Biraud. Avec Gardett, on se connaissait depuis longtemps (ça remontait à France Inter) et on s'aimait beaucoup. Je crois bien que ce fut le plus fou des fous de radio qu'il m'a été donné de rencontrer. Maurice Biraud, lui, représentait pour moi la plus grande vedette sur les ondes. Entre nous les choses s'inscrivaient dans une continuité. Les auditeurs n'écoutaient pas des émissions : ils écoutaient Europe 1. Le public était très réceptif. Les gens téléphonaient et me racontaient comme à lui des histoires. La plupart du temps, il me suffisait de les lancer. C'était la même école.

— Ah, eh bien qu'est-ce qui vous est arrivé ?

C'était parti. Ceux qui passaient à l'antenne avaient tous des dons de comédiens et se révélaient souvent très drôles parce que, contrairement à ce qui se produit aujourd'hui, ils étaient beaucoup moins impressionnés par le vedettariat de l'animateur. Maintenant, il n'est pas rare qu'ils disent :

« Excusez-moi, je suis ému ! De vous avoir comme ça, au bout du fil, ce n'est pas pareil... » Autrefois, les personnes qui participaient à l'émission n'avaient rien à faire du vedettariat supposé de l'animateur. Ils appelaient un copain. En tant qu'individus, et non comme représentants d'un panel d'auditeurs qui veulent se faire entendre.

Ne jamais oublier qu'il y a *une* personne qui écoute, et non pas un million d'auditeurs. Quand on fait de la radio, n'en déplaise à certains, on parle à une seule personne. Peut-être cinq cent mille fois, un million de fois, mais on parle à une personne, un garçon, une fille, un homme, une femme. Ils sont chacun chez soi et chacun est seul derrière son poste à suivre l'émission, seraient-ils quatre dans la même pièce. Et chacun doit avoir l'impression que l'animateur s'adresse à lui personnellement. Il faut conserver ce rapport, sinon ce n'est plus de la radio.

À présent, sur les ondes, on entend des gens qui s'adressent à des groupes : « Aujourd'hui nous allons donc recevoir Paul X, qui est le président des dégustateurs de camembert. Ah ah ah ! Le camembert qui est un produit français, typiquement français. Oh, pardon ! Excusez-moi ! Je veux dire normand, bien entendu... » On discute, mais on ne fait plus de la radio. On regarde des photos ensemble, seulement l'auditeur n'est pas sur le film. Dommage !

La communication a évolué, dit-on. Je doute de l'évolution, et la manipulation je déteste. Elle mène à l'abrutissement, de quelque bord qu'elle soit. Certains vous serineront par exemple que « tous les patrons sont des salauds ». Pourtant c'est quand même utile, un patron ! C'est celui qui a le courage de dire : « Tiens, allez hop, on monte ce projet. Moi je me débrouille, je trouve le terrain, le bâtiment, je vais voir la commune, je fais les démarches nécessaires. » Il est bon de faire la part des choses et des gens. Même topo pour les grèves, les salaires, les hôpitaux, etc. Rien n'est jamais totalement blanc ou noir. Il serait judicieux de rétablir un véritable équilibre, dans le bon sens et avec bon sens, sinon tout le monde se tire dans les pattes du matin au soir et il n'y a plus d'aventure commune possible.

*
**

De toute façon, si l'on s'entend si mal, je suis sûr que c'est la faute aux Romains ! Les Français étaient un peuple de convivialité, à l'origine. La « paix romaine » a tout foutu par terre. Vercingétorix était au-devant de ses troupes, pas derrière. Il a été battu, il a été fait prisonnier, il a été humilié, et tous les Gaulois avec lui. En tout cas ils étaient vaincus. Mais les Romains restaient sur leurs gardes. Alors ils ont trouvé un truc pour maintenir leur avantage, j'en suis convaincu... Ils se sont dit : « C'est bon, ils baissent leur froc, mais méfions-nous quand même, car ils ont la tête chaude, ils sont capables de nous retourner des coups de bâton. » Pour parer à cette éventualité, ils ont mis au point la première vraie grande manipulation psychologique appliquée à un peuple : la rumeur.

Une sacrée invention, la rumeur ! Je suis certain qu'un Romain confronté au problème du maintien de l'ordre sur un empire aussi vaste que le sien a expliqué un jour :

— Je sais quoi faire pour qu'ils ne cherchent pas à se révolter contre nous. On va s'arranger pour qu'ils soient sans cesse divisés, que tout le monde s'engueule.

— Comment ? demanda Romulus Enfoirus à son cousin.

— C'est simple. Je vais me balader dans un patelin et puis je vais aller voir un gars en lui disant : « Bonjour. — Ça va ? — Oui, ça va, sauf que votre voisin, l'autre jour, m'a parlé de vous... — Qu'est-ce qu'il a dit ? — Non, non, je ne peux rien répéter... — Mais dites-moi ce qu'il a dit, enfin ! — Rien. Mais bon... Il ne vous aime pas trop. Enfin, je crois... Allez, au revoir ! »

C'était le début de la fin. À compter de ce jour, le fléau s'est répandu comme une traînée de poudre, la France entière s'est détestée. Dans tous les villages du pays, tout le monde se méfie du voisin ou le dénigre à la première occasion, sans lui faire part « en direct » de ses griefs.

Or il faut être lucide : si personne n'aime personne, si on juge le voisin, on n'est pas près de mettre l'envahisseur dehors. Une attitude pareille ne peut pas venir des Gaulois, évidemment. C'était un coup monté. On a fait en sorte de diviser pour régner et ça marche toujours. Il y a, au fond des campagnes, des hameaux d'une dizaine d'habitants où personne ne se cause. Je connais des gens dont les fermes sont exactement placées l'une en face de l'autre : ils ne se sont pas adressé la parole depuis des générations et ils ne se parleront jamais, bien qu'ils ne sachent plus très bien à quoi correspond cet ostracisme. C'est pathétique !

Le jour où tout le monde se parlera librement dans nos villages, aussi spontanément qu'on le faisait naguère à l'antenne, on aura fait un sérieux progrès. Il faut que tout le village soit dans la rue, comme pour le Tour de France ou la flamme olympique, que l'on retrouve cet état d'esprit pour réapprendre à respirer librement la vie et la joie de vivre. Alors que, pour l'instant, on ne se parle souvent qu'en cas d'incendie, de catastrophe naturelle, de guerre... Ne pourrait-on pas communiquer en dehors de ces désastres ?

Si j'insiste tant sur le fait que cette attitude n'est pas naturelle chez nous — et que nous pouvons en changer —, c'est aussi parce que nous sommes, c'est bien connu, un pays qui fait et qui boit du vin. Or nombre d'études comparatives entre buveurs de vin et buveurs de bière ont démontré que ces derniers sont des peuples de guerriers, de conquérants, alors que ceux qui consomment du vin sont tournés vers la civilisation, vers le dialogue, et aspirent à autre chose qu'à la conquête. Ils discutent, ils s'engueulent, mais ils arrivent à se rassembler quand même. Alors pourquoi serions-nous voués à la division ?

⁂

Dans les années 1975-1976, l'ambiance était encore chaleureuse à Europe. Je n'avais aucune envie d'en partir, même si j'estimais que les plus belles heures de la station étaient probablement derrière moi. Les événements allaient en décider autrement.

Je n'avais toujours pas de contrat, je travaillais à la pige comme depuis mes débuts à la radio, c'est-à-dire que j'étais en liberté surveillée. Cette situation a fini par me peser; je subissais les inconvénients du système sans en avoir les avantages. La régie de pub faisant ses tarifs et vendant ses espaces en fonction des taux d'écoute, la direction générale avait en permanence un œil sur les courbes d'audience et un autre sur les instituts qui les mesuraient. Donc plus on faisait rentrer d'argent, moins on pouvait s'absenter : ç'aurait été faire baisser les parts de marchés au moment des sondages, avec pour conséquence une chute des rentrées publicitaires sur telle ou telle tranche horaire.

Je suis donc allé voir le directeur des programmes.

— Puisque je ne peux pas bouger sans demander la permission, fais-moi un contrat !

Afin de m'assurer que le message était bien passé, je suis allé trouver le patron, Jean-Luc Lagardère, qui m'a affirmé que son directeur des programmes avait reçu des instructions.

Quinze jours plus tard, toujours sans nouvelles, je suis retourné voir le patron. Et j'ai remis ça pratiquement tous les matins pendant une semaine.

— Bonjour, monsieur Lagardère... Il n'y a toujours rien pour moi ? Savez-vous où en est mon contrat ?

— Oui, oui, Gérard, ne vous inquiétez pas... On s'en occupe !

À la longue, j'ai eu l'impression qu'on me menait en bateau. C'est à cette époque que le père de Gloria est décédé au Chili. Certes, nos rapports n'avaient plus rien de chaleureux, mais enfin elle était encore ma femme et elle me demandait de venir. J'ai donc décidé de faire un aller et retour pour assister aux obsèques. J'en avais juste le temps avant ces sacro-saintes mesures d'audience sur lesquelles tout le monde s'excitait.

Comme d'habitude, il a fallu que je demande la permission. Et comme d'habitude, elle m'a été refusée. Obsèques ou pas, c'était non. Je n'ai pas accepté : j'ai décidé de partir.

J'avais prévenu un copain afin qu'il appelle la direction le lendemain matin, huit heures après le décollage, quand je serais au-dessus de l'Afrique, quelque part du côté de Dakar. Il a suivi mes instructions à la lettre : « Gérard est parti au Chili, il a pris le vol de 23 heures, vendredi, pour Santiago. »

Ce fut la panique à bord : il n'y avait plus personne pour faire l'émission du lundi matin. Tout le monde était secoué, d'autant qu'une campagne d'affichage avait commencé dans Paris pour appuyer mon émission avant les sondages ; on m'y voyait en gros plan avec des moustaches bleu, blanc, rouge...

D'accord, je suis une tête de mule, mais quoi qu'il ait pu advenir je ne regrette rien, parce que je trouve inadmissible de retenir quelqu'un de cette manière, surtout quand il n'est lié par aucun contrat. Ce n'était pas faute d'avoir demandé. Pourquoi personne n'avait-il réagi, en l'occurrence ? Ni Siégel, ni Floirat n'auraient laissé faire une chose pareille !

J'entendais déjà hurler les loups : « Klein est fou, il est dingue, ce n'est pas un type fiable ! Regardez ce qu'il a fait ! » Il est vrai que je les avais mis dans un sacré pétrin. Il est également vrai qu'ils en portaient la responsabilité. À trop tirer sur la corde, un jour elle se casse. La confiance et la liberté vont de pair avec la dignité. C'est vrai pour tout le monde, et pour les gens de radio également.

***

Après Europe, je n'avais plus vraiment envie de continuer. J'avais été tellement heureux, j'avais tellement ri que quand ç'a été terminé j'ai pensé devoir tourner la page radio. Je n'allais pas retourner dans une des stations que j'avais déjà fréquentées. Quant à Europe, professionnellement, j'étais grillé.

Pendant ces quelques années d'une « liaison » heureuse, j'avais développé à l'extrême dans ma relation avec les auditeurs le sens de la radio instinctive. Nous avions avec Coluche la même perception des choses, sur ce point et sur bien d'autres. C'était sans doute mon fan le plus acharné. Du temps où il était à Europe, il ne cessait de répéter : « Le meilleur, c'est Gérard ! », ce qui était chez lui un signe d'affection profonde. Après mon départ, il a tout essayé pour me faire revenir mais il n'y a jamais réussi. Ce fut un divorce, un déchirement. J'avais entretenu avec cette station des rapports passionnels depuis le premier jour. Je m'étais retrouvé dans le rôle de l'amant qu'une maîtresse envahissante empêche de vivre, lui retirant toute liberté. Dans ces cas-là, on ne peut partir que sur un coup d'éclat.

Pour avoir le courage — ou l'excuse — de ne pas faire marche arrière.

V

FRANÇOISE

« Si tu pars, tu ne reviens pas ! » Dans le vol qui me ramenait en France après les obsèques du père de Gloria, je me remémorais les dernières paroles du directeur des programmes d'Europe... S'il n'avait pas pu m'empêcher de partir, il ne se ferait pas faute de me sacquer au retour. Le sachant, je m'étais un peu attardé au Chili, une semaine de plus que prévu, mais pas davantage. Le climat ne s'y prêtait pas. Aux yeux de la famille de Gloria je demeurais toujours plus ou moins indésirable. J'étais l'étranger, la pièce rapportée, et l'on ne se privait pas de me le faire sentir. Dans ces conditions il était inutile de prolonger mon séjour. Et le moral était d'autant moins au beau fixe que dans une poignée d'heures j'allais me retrouver seul, sans job, et qu'il devait me rester quelque chose comme mille francs en poche car j'étais toujours aussi prodigue. Alors là, soudain, sur mon siège, je me suis senti envahi par une angoisse terrible, comme je n'en avais jamais connu de ma vie. J'avais la bouche sèche, je ne pouvais plus déglutir et je ruisselais de sueurs froides. J'avais l'impression d'être en train de mourir. Un vrai cauchemar. La panique totale ! Ceux qui n'ont jamais éprouvé ce genre de malaise ne peuvent pas imaginer ce que c'est. Il est vrai qu'à l'époque j'étais en très mauvaise condition physique : je picolais, je buvais café sur café et je dormais peu.

À peine débarqué, je me suis précipité sur un téléphone pour appeler un toubib, le copain d'un copain, qui m'a dit de venir immédiatement. Je suis arrivé dans son cabinet, mon sac de voyage à la main, dans un état pas possible. Son examen a été rapide.

— Ce n'est pas bien compliqué, ce que vous avez, me dit-il, et il n'y a pas lieu de s'affoler. Ça s'appelle tout simplement une crise d'angoisse. Vous êtes peut-être particulièrement stressé en ce moment, non ?

— Oui, sans doute ! Alors, on fait quoi ?

— Je vais vous donner un tranquillisant. Vous en prendrez deux comprimés, un le matin, un le soir. Vous pourrez en avaler un autre au cours de la journée si vraiment ça ne va pas. Les choses devraient rentrer dans l'ordre assez vite. N'hésitez pas à me passer un coup de fil le cas échéant.

Il m'a rédigé une ordonnance et je me suis empressé d'acheter le médicament prescrit chez le pharmacien du coin avant de rentrer chez moi, à Houdan, comme je l'ai pu. Il n'y avait bien entendu personne pour m'attendre. C'est dire si j'étais mal en point. Force était de le reconnaître : je me trouvais dans la merde ! J'ai avalé un comprimé et je me suis endormi comme une masse. Au réveil, bien des heures plus tard, j'étais complètement anéanti, comme assommé. J'ai aussitôt pensé que ce genre de remède n'était pas fait pour moi. Je n'aimais pas du tout cette sensation de flotter comme si j'étais drogué, je préférais encore me débrouiller tout seul. Du coup j'ai posé le flacon dans un coin et je n'y ai plus jamais touché.

Je me suis laissé dériver comme ça quelque temps sans rien faire, dans une espèce de no man's land. Heureusement, autour de moi, des copains m'ont fait la morale :

— Mais il faut que tu travailles, tu ne te rends pas compte ! Tu ne peux pas rester comme ça...

Il était certain que je devais réagir. Mais pour me ressaisir j'avais d'abord besoin de récupérer, de déconnecter, de repenser ma vie et de trouver de nouveaux repères. Après quoi, pour repartir sur d'autres bases, j'ai pris la décision d'aller tenter ma chance à Radio Monte-Carlo. Un bain de soleil, de mer et de ciel bleu ne pouvait pas me faire de mal. Il n'y a rien de plus mauvais que la grisaille quand on a le moral à zéro.

Le micro a toujours produit sur moi un effet magique. En l'occurrence, c'était même le meilleur des tranquillisants et des antidépresseurs, parce que sans effets secondaires. J'en ai profité pour faire une cure complète. Au passage, sans l'avoir cherché, après France Inter, R.T.L. et Europe 1, j'ajoutai la quatrième grande radio de l'époque, R.M.C., à mon tableau de chasse. Toutefois, comme je l'ai déjà mentionné, j'avais un peu l'impression d'avoir fait le tour de la question. Derrière Europe 1, beaucoup de choses me paraissaient fades. À cause de cela, l'expérience ne pouvait pas durer très longtemps, et puis dans toutes les stations on se heurtait désormais à des porteurs de parapluie grands ouverts, histoire de se couvrir en cas de problème. La trouille avait fini par engendrer un système identique, ici comme ailleurs, c'est-à-dire qu'à de rares exceptions près plus personne ne prenait de risques par crainte de perdre sa place. Cette prudence se traduisait à l'antenne par des émissions — des produits devrais-je dire — aseptisées : pas un mot plus haut que l'autre, des choix « politiquement corrects » pour tout et, par voie de conséquence, une mainmise accrue des directeurs de programmes sur le fonctionnement de la maison. Les luttes intestines prenaient une importance ridicule.

N'étant ni carriériste, ni courtisan, je finissais par m'ennuyer. J'ai éprouvé le besoin de respirer un autre air. Et de toute façon mon contrat était terminé. Je garde malgré tout un bon souvenir de ces retrouvailles avec la Côte d'Azur, où j'avais fait mes premières armes pour France Inter. Mais je n'ai jamais su vivre avec des souvenirs...

Au retour, il a fallu que je me débrouille. J'ai dû louer un appartement, puisque en partant à R.M.C. j'avais vendu ma maison à l'ami Chassagne. Quand je n'ai plus eu de quoi payer un loyer, je me suis rabattu sur le petit immeuble de rapport — le terme est bien pompeux — que j'avais acheté à Houdan, à mes débuts : un vieil immeuble, très modeste, qui abritait quatre locataires plus tout jeunes non plus. La pièce à peine habitable que je m'étais réservée au premier étage, dans ce qui avait été l'atelier d'un menuisier, n'offrait aucun confort. J'avais juste l'eau froide mais pas l'électricité. Je me faisais l'impression de squatter sous mon propre toit, et l'horizon me semblait complètement bouché. J'ai laissé courir, me contentant de survivre.

Pendant ce temps, à Paris, la rumeur continuait à sourdre comme le feu sous la cendre, complètement ingérable : « Klein est fou, il se barre du jour au lendemain. On ne peut pas compter sur lui. » Tout cela n'arrangeait pas mes affaires. Je vivais dans un état de stress permanent ; j'étais complètement paniqué à l'idée qu'une crise d'angoisse comme celle que j'avais connue dans l'avion pût se reproduire. Je picolais pas mal, sans doute pour me tranquilliser, et je me couchais à l'heure où les autres se lèvent. La situation était loin d'être brillante. À vrai dire, je traversais la période la plus noire de mon existence. Cette sorte de dérive a duré presque deux années. Sans doute fallait-il que j'en passe par là, que je patauge bien dans la fange pour ne pas manquer la lumière quand celle-ci se pointerait au bout du tunnel.

Elle s'est matérialisée un jour, « par hasard », sur ma route devenue incertaine. Ma lumière s'appelle Françoise. Elle est ma femme depuis plus de vingt ans. On l'a guidée jusqu'à moi, parce que j'étais incapable d'aller jusqu'à elle. J'avais oublié son existence. Mon seul mérite a été de comprendre instantanément ce qui se passait lors de nos retrouvailles, et de ne pas la laisser repartir. C'est, je crois, la meilleure chose que j'ai faite dans mon existence.

Je tenais cette femme dans mes bras, et en une fraction de seconde je me suis revu enfant, pêchant au coup avec mon père... Il n'y a rien de spectaculaire dans cette façon de pêcher, ce n'est pas comme la pêche à la mouche, avec la soie qui vole en fouettant l'air. Non, là, on est assis au bord de la rivière ou bien dans une barque. On est tranquille. Tout est silence. On attend en surveillant le bouchon. Soudain il s'enfonce un peu, presque imperceptiblement, avant de revenir à sa position initiale, une fois, deux fois ; on ne sait pas encore si c'est un petit ou un gros poisson, s'il va dans le sens du courant ou à l'inverse, mais à la seconde même où le bouchon disparaît sous l'eau, ni avant, ni après, il faut ferrer d'un coup sec. Clac !

Cette fois, c'était le moment. Subitement, dans ma tête, tout a changé. Je n'ai plus regardé par terre toute la merde à laquelle je m'étais habitué. J'avais les yeux plongés dans une dimension lumineuse où tout était propre et sain. La vie prenait un sens nouveau.

À présent seulement je reconnaissais le visage de cette femme entrevue pour la première fois huit ans plus tôt. Je réalisais qu'elle était ma liberté, ma destinée. Je venais de rencontrer vraiment celle avec qui j'allais pouvoir tout entreprendre et reconstruire.

J'ai toujours beaucoup cru au couple et très peu à la solitude. Mon intuition venait de trouver sa justification. Je basculais dans la paix.

***

Deux fois déjà, pourtant, le bouchon avait imperceptiblement frémi. La première à la fin de l'année 1970. Je suis à R.T.L. lorsque j'engage un assistant. Notre collaboration va être de courte durée, elle ne nous laissera guère le temps de partager des souvenirs, encore moins de nous connaître. En effet, au bout de deux semaines, je m'aperçois qu'il se fait passer pour mon agent. Il est bien gentil, mais ça ne colle pas du tout. Je n'envisage pas une collaboration suivie dans ce contexte d'affabulation. Je vire l'assistant et l'oublie aussitôt.

Une seule fois sa femme est venue le chercher, un soir. Elle était enceinte et dégageait une lumière extraordinaire dont je me souviens encore. Je l'ai regardée et j'ai pensé : « Nom de nom ! Elle est vraiment bien, cette fille-là ! » Nous nous sommes dit bonjour-bonsoir et je ne l'ai plus revue. Je n'avais même pas conscience qu'elle pouvait laisser une trace dans ma mémoire. J'allais mettre huit ans à découvrir que le jour de cette première rencontre, le temps d'une poignée de main, un regard avait suffi à marquer mon âme.

Cinq années plus tard, en 1975, je suis à Europe 1 quand le bouchon rebouge. Je croise à nouveau cette jeune femme dans la rue, qui tient une petite fille par la main — Marie-Pierre. Nous avons bavardé de choses et d'autres un moment en marchant. Elle était divorcée et travaillait aux services photos du *Point* et de *L'Observateur*. Elle aimait ce qu'elle faisait. Moi aussi... Au bout de la rue, nous nous sommes séparés sans avoir échangé de numéros de téléphone ni être convenus de nous revoir. Je crois bien n'avoir jamais repensé à elle. Et trois ans allaient encore s'écouler avant notre véritable rencontre.

⁂

Ce jour-là, à Houdan, mon voisin brocanteur avait décidé de vider son grenier et sa cave. Il avait appelé à la rescousse deux de ses potes également brocanteurs pour organiser une braderie dominicale à ciel ouvert. Je lui prêtais main-forte. Une fille du coin qui vendait de la fripe sur les marchés devait se joindre à nous. Il m'avait lancé à son propos :

— Tu dois la connaître...

— Ah bon ? Qui est-ce ?

— Je ne sais pas. Simplement, quand on a dit par hasard « Gérard Klein on le connaît, c'est un voisin », elle a répondu « moi aussi, je le connais depuis longtemps ». On l'a charriée, on lui a dit que tout ça c'était du baratin, mais ce n'est pas quelqu'un de très bavard. Elle n'a pas fait de commentaires. Son père est dans la fripe et elle bosse avec lui. Elle n'habite pas très loin d'ici. En tout cas, tu as dû la rencontrer dans le temps...

— Je ne vois pas de qui tu veux parler.

— De toute façon, tu vas être fixé : la voilà qui arrive !

Il faisait chaud, j'étais en train de m'activer dans la cour lorsque, de loin, j'ai vu s'avancer cette fille à contre-jour... J'apercevais une silhouette, en jeans et talons hauts, et j'entendais crisser le gravier sous ses pas. J'étais intrigué, mais je ne distinguais toujours rien. Elle est venue dans ma direction et j'ai commencé à me dire, en la regardant s'approcher : « Je la connais, je la connais, mais qui cela peut-il être ? » Quand j'ai mieux vu ses traits, j'ai été frappé par ce qui émanait d'elle, tant elle était lumineuse... seulement je n'avais toujours pas la réponse.

— Bonjour !

— Bonjour, ça va ?

Je l'embrasse comme une vieille copine. Et c'est en posant ma joue contre la sienne que je l'ai reconnue physiquement. « Bon Dieu ! C'est cette fille ! La fille de R.T.L. ! » Je l'ai fixée dans les yeux et je lui ai dit tout de go :

— On va vivre ensemble.

— Si tu veux, a-t-elle rétorqué.

— Tu ne repartiras pas...

— Non !

C'était assez surréaliste, je dois l'avouer, mais c'était l'évidence. Pour l'un comme pour l'autre, car Françoise a aussitôt acquiescé. Nous avons eu la même réaction au même moment. Nous étions incontestablement guidés, mais il nous appartenait de dire les mots et de faire les gestes. Durant quelques secondes le temps s'est arrêté et, quand il a repris son cours, tout avait changé. Nous étions dans une autre histoire. Sans hésiter, nous nous sommes dit l'un à l'autre : « Je te garde. » Je n'imaginais rien de sa vie et elle ignorait tout de la mienne. Je savais simplement que c'était *elle.* À partir de cet instant nous n'allions plus nous quitter, et nous savions déjà que seule la disparition de l'un d'entre nous pourrait désormais nous séparer.

Tout ce que j'ai fait depuis ce jour, nous l'avons fait ensemble.

J'étais toujours marié avec Gloria qui se trouvait bien sûr au Chili puisque j'avais des emmerdes, et Françoise vivait avec un fiancé pas très loin de Houdan. Ce soir-là, elle a dormi près de moi dans ma vieille 403 grise. Le lendemain, je l'ai emmenée chez elle récupérer une table et quelques affaires personnelles. Il y avait si peu d'objets auxquels elle tenait que ça a été très vite fait.

Françoise a emménagé dans mon logement précaire comme si c'était la chose la plus naturelle au monde. Elle se lavait tous les jours à l'eau froide sans sourciller. Je dois reconnaître que je n'avais pas le même courage.

Trois jours plus tard, Gloria a appelé de Santiago pour me dire que je pouvais venir m'installer au Chili, que maintenant tout était prêt pour m'accueillir. Je lui ai expliqué que ce n'était plus possible, que cette fois je ne reviendrais pas parce que j'avais pris la décision de vivre avec une autre femme...

Il n'y a pas eu d'engueulade, ni de cris, ni de mots malheureux, sans doute parce que j'avais exprimé la vérité pure. Si cruel que cela fût pour elle, Gloria l'avait parfaitement senti. Son père était décédé depuis plus d'un an, j'avais traversé toutes mes galères seul. Peut-être, de son côté, en avait-elle assez. Elle savait également que, désormais, il n'y avait plus de place pour elle dans ma vie. C'était l'heure de l'addition. Elle était sévère, je le reconnais. Gloria a fait une dépression avant de reprendre le cours habituel de son existence.

Avec le recul, je ne peux m'empêcher de penser que le destin — appelons-le comme ça pour simplifier les choses — avait tout préparé. Nous nous démenons au quotidien avec une certaine conscience du temps, celle de l'heure, des jours, des saisons, à partir de quoi nous essayons de régler et de diriger notre vie, mais il est clair qu'il existe d'autres plans où le temps n'a pas du tout la même valeur. Vingt-trois ans plus tard, je puis dire que mon existence ne se situe plus sur le même plan. Il y a *avant* et il y a *après* ma rencontre avec Françoise. Dans la première période je me suis construit d'une certaine manière, dans la seconde je m'accomplis, et ce que je fais aujourd'hui je ne pouvais le faire seul, ni avec quelqu'un d'autre qu'elle.

Tout aussi inconsciemment, Françoise — sans rien préjuger de l'avenir — m'attendait au travers des années. Elle est amie de longue date avec la célèbre dessinatrice Nicole Lambert, l'auteur bien connu des *Triplés,* et son compositeur de mari, Cyril de Turkheim. Ils forment un couple délicieux, drôle et bon vivant, dont Françoise a fait la connaissance à l'époque où elle travaillait au *Point* et à *L'Observateur.* Encore aujourd'hui, quand il nous arrive d'évoquer cette période, Cyril ne peut s'empêcher de taquiner Françoise en feignant de prendre sa femme à témoin du passé.

— Tu te souviens, dit-il en s'adressant à Nicole, comme Fanfan a pu nous casser les pieds avec son Gérard ? Elle n'a jamais voulu l'avouer, mais elle mourait d'envie de le voir. Vrai ou faux ?

— C'est vrai, admet Nicole en s'amusant du trouble de Françoise, elle n'arrêtait pas d'en parler :

« Ah ! il est vraiment bien », et puis ceci, et puis cela... À croire qu'il avait toutes les qualités !

L'intuition de certaines femmes m'a toujours étonné. D'instinct, elles sont capables d'attendre en confiance, le temps qu'il faut, le signe, les circonstances, la rencontre qui — elles le savent — va changer le cours de leur existence. En apparence tout est « normal », elles ont les mêmes préoccupations que n'importe qui, mais elles vivent sans impatience cette attente d'un moment essentiel susceptible de survenir des années plus tard.

⁂

Ce qui n'est pas moins impressionnant — toujours avec le recul —, c'est de voir la manière dont les choses se sont enchaînées pour nous avec logique et simplicité, sereinement. Nous avions dû confier la fille de Françoise, Marie-Pierre, à ses grands-parents, afin qu'elle puisse avoir une scolarité normale et des conditions de vie décentes pour une fillette de huit ans, mais elle était avec nous dès que nous le pouvions. Ma fille Véronique nous rejoignait de temps à autre, et l'harmonie régnait à la maison.

Sur le plan matériel, nous étions fauchés à un point tel que les copains s'étaient fait un devoir de nous assister jusqu'à ce que la situation se débloque. Ils nous donnaient des provisions et, tous les soirs, nous avions table ouverte chez notre ami Daniel. Cette situation a duré pratiquement une année.

En ces temps de disette, l'état de ma fortune avoisinait les deux mille francs par trimestre, c'est-à-dire le montant des loyers de mon « immeuble de rapport », plus celui des deux boutiques que je possédais également au village. Les locataires de l'immeuble payaient quatre-vingts francs par mois de loyer, soit deux cent quarante francs chaque trimestre, et je percevais cinq cents francs par boutique, une vraie rente ! C'était comique autant que dérisoire, mais cette manne avait le mérite d'exister. On ne pouvait pas, en tout cas, m'accuser d'être un affreux capitaliste qui étranglait de pauvres retraités.

Dans ces conditions, la première fois que j'ai touché les loyers avec Françoise, j'ai décidé de faire la fête en son honneur. J'avais remplacé mon antique 403 par une vieille DS. J'y ai mis juste assez d'essence pour pouvoir faire l'aller et retour à Paris et nous sommes allés dîner à la Maison du Caviar ; là, en nous amusant comme des fous, nous avons claqué les deux mille balles du trimestre en saumon, caviar et vodka. Ensuite, heureux comme des princes, nous sommes rentrés dormir à Houdan sur notre matelas posé par terre.

Françoise m'avait donné le goût d'entreprendre. Je mis à profit mon oisiveté forcée pour commencer à bricoler le premier étage de l'immeuble, cet ancien atelier de menuisier, afin d'humaniser notre univers et de pouvoir accueillir nos filles un peu mieux quand elles venaient nous voir. Les copains — toujours Daniel, et son frère Michel — m'ont apporté les premiers matériaux pour débuter les travaux de rénovation. J'ai récupéré à droite et à gauche des poutres, des tuiles, et quand j'ai eu de quoi m'attaquer au toit — le jour de la Saint-Matthieu — le père de Françoise et son fils Jean sont arrivés en renfort. Dans la journée, nous avons refait la toiture. Le bâtiment avait déjà meilleure mine.

Bientôt, Françoise se trouva enceinte de Mélie, notre première fille. L'existence prenait enfin la bonne direction. La situation matérielle n'était toujours pas brillante, pourtant je me transformais profondément. La famille me donnait une force et un appétit de vivre décuplés. Je me nourrissais de valeurs essentielles. Le reste était devenu relatif.

Aujourd'hui encore — vingt-trois ans après —, tout ce que j'entreprends, tout ce que je fais vient de Françoise. C'est grâce à elle que les choses se concrétisent. À moi les idées, la recherche des fonds pour les réaliser, à Françoise la maîtrise de l'ouvrage. Blesle, La Bougnate, elle en est l'âme, la cheville ouvrière... Nous vivons une complémentarité exemplaire qui ne s'est jamais démentie. Si demain je devais me lancer dans un pari complètement fou comme, par exemple, acheter le château de Versailles, je sais que j'y parviendrais. J'inventerais tous les montages financiers possibles et imaginables, cela prendrait sans doute des années, mais je réussirais, parce que l'énergie créatrice qui est en moi — comme en chacun de nous — a été libérée par cette complémentarité, et coule librement. Je ne m'asphyxie plus, je ne me consume plus : je vis.

Mélie est donc née à l'atelier, dans notre palais des courants d'air. J'aurais voulu lui offrir mieux, mais c'est elle qui nous fit en premier le cadeau de sa présence. Le manque de moyens poussant à l'ingéniosité, Françoise et moi avons pris l'habitude de faire les trois ou quatre décharges des environs pour récupérer les matériaux qui nous faisaient défaut. Nous y avons déniché des trésors qui nous ont bien servi. Encore maintenant, en Auvergne, je trouve des ferrailles de toute beauté, des pièces forgées, des outils de jardin tout simples. J'en ai ramassé des dizaines, de quoi ouvrir une brocante, des objets splendides qu'il suffit de nettoyer pour qu'ils reprennent du service. Je suis toujours surpris de constater que même en province, où les gens sont économes, on jette des choses comme celles-là. C'est à croire que ceux qui s'en débarrassent n'ont aucune conscience de la valeur des objets, qu'ils ne font plus la différence entre les produits manufacturés et ceux qui ont été façonnés par la main de l'artisan. Ce serait quand même malheureux de laisser refondre tout ce métal porteur d'histoire, de savoir-faire et d'amour du travail bien fait !

⁂

Nous n'avions toujours pas le téléphone, c'était au-dessus de nos moyens ; les appels nous concernant aboutissaient au café de la Paroisse, à côté de l'église, où Edmond et sa femme Édith avaient la gentillesse de prendre les communications. Un jour, Édith me prévient qu'un certain Jean Becker demande à me parler.

Je connais Jean depuis pas mal d'années, ayant tourné avec lui une pub pour une marque de cravates au temps de mes débuts à la radio. Il m'explique qu'il a en projet un film d'après le roman de Sébastien Japrisot, *L'Été meurtrier,* qu'il compte réaliser avec des acteurs inconnus. Gérard Hernandez, un de ses copains qui joue dans des spots où il fait souvent l'Espagnol à cause de ses grandes moustaches, lui a dit au cours d'un dîner : « Tu devrais prendre Gérard Klein, il serait très bien dans le rôle de Pimpon ! » L'idée lui ayant paru bonne, Jean a voulu en discuter avec moi. Quand je le rappelle, il me donne rapidement quelques indications.

— ... Voilà ce qu'il en est ! C'est le rôle masculin principal. Si ça t'intéresse, viens donc avec ta femme déjeuner demain, qu'on en parle un peu mieux.

— O.K., ça m'intéresse.

— Alors à 13 heures chez Savy. Je pense que tu n'as pas oublié l'adresse ?

En effet, je n'ai pas oublié ce sympathique petit restaurant, situé juste en face de R.T.L., où l'on croisait selon les jours et les heures tous les journalistes de la station, ainsi que les gens du cinéma et du show-biz quand ils sortaient du studio après une émission.

C'était un mardi. J'avais raclé les fonds de tiroir pour remettre un peu d'essence dans ma vieille DS, et nous sommes partis avec Françoise rejoindre Jean Becker et sa femme. Ce furent des retrouvailles joyeuses et animées, pas mal arrosées, où l'on parla de tout et du passé avant d'en venir au film. Jean me raconta la genèse de l'histoire et la manière dont il voyait les personnages, leur psychologie, les éléments moteurs du drame. À la fin du repas, il me tendit un scénario.

— Tu jettes un œil là-dessus, tu regardes les scènes que j'ai marquées, et tu apprends ton texte. On se retrouve chez moi samedi, à Saint-Cloud, pour des essais...

Jean a réglé l'addition et nous nous sommes séparés plutôt satisfaits l'un de l'autre. Lui pensait avoir trouvé son personnage, et moi j'entrevoyais une issue possible à ma traversée du désert. Ce n'était pas simplement une question d'argent, l'histoire me plaisait. Je sentais bien le personnage de ce brave gars, pompier à ses heures, tombé amoureux fou d'Éliane, une belle fille étrange dont il ignore le terrible secret : du jour où elle a appris que sa naissance a été le fruit du triple viol de sa mère, elle n'a plus vécu que pour assouvir une vengeance meurtrière qui lui fera perdre la raison.

Le samedi suivant, j'arrive à Saint-Cloud pour m'habiller en pompier. Les vêtements sont à ma taille, je connais mon texte, l'équipe se met en place dans le garage de la villa et je tourne sous la direction de Jean, assisté de son frère. Je me souviens encore de ma première réplique : « Il n'est pas crevé, votre pneu, il est déchiré sur toute sa longueur... » Une comédienne tient le rôle d'Éliane. Une, deux, trois, quatre scènes s'enchaînent. Cela suffit pour Jean. Il a l'air content.

— On développe les rushs en début de semaine, je visionne et je t'appelle pour te dire ce que j'en pense.

Dans la semaine, en effet, Jean me téléphone au café de la Paroisse :

— Gérard ?

— Oui...

— C'est toi !

— Moi quoi ?

— Le personnage ! On a visionné, tu es Pimpon ! Tu es le personnage. Je veux que ce soit toi qui fasses le rôle !

— Super ! On commence quand ?

— Je ne sais pas encore, j'ai besoin d'un petit délai. Je viens d'en parler avec le producteur, c'est pas gagné. Naturellement, il veut un acteur connu à l'affiche. Je lui ai dit que dans ces conditions je ne tournais pas le film. Mais ne t'inquiète pas, il va céder ! C'est une question de quelques jours. Je te rappelle aussitôt.

Effectivement, dans les trois-quatre jours qui ont suivi, Becker me passe un coup de fil pour m'annoncer que le producteur a fini par dire : « O.K. pour Klein ! »

— Bon, maintenant que j'ai le feu vert, il faut trouver la fille. On va faire des essais tous les week-ends à la maison. J'ai des tas de noms en tête. On tournera chaque fois avec toi, pour voir comment ça marche entre vous. Viens avec Françoise, vous resterez coucher. J'ai fait aménager le grenier, il y a une chambre avec douche, comme ça tu seras sur place... Le mieux c'est que vous arriviez le vendredi soir, si c'est possible pour toi. Ça nous fera gagner du temps !

Je ne sais pas si Jean savait dans quelles conditions nous vivions ou si une bonne âme l'avait renseigné, mais sa proposition était la bienvenue. Grâce à elle tous les week-ends, pendant plus d'un mois, nous nous sommes offert avec Françoise le luxe d'une vraie chambre, d'un lit confortable, et d'une salle de bains où il y avait l'eau chaude... Le paradis ! En échange de cette hospitalité princière, Françoise et moi avons pris en main la restauration de l'équipe. Jean nous donnait l'argent, nous allions au marché et nous faisions la cuisine en alternant les repas à l'intérieur et les barbecues au fond du jardin.

Les filles défilaient, je leur donnais la réplique. Aucune ne convenait à Jean. Nous tournions plusieurs heures par jour les mêmes séquences. Je me familiarisais avec tout le travail du plateau. J'engrangeais le B.A.-BA de ce métier que je ne connaissais pas, et j'en profitais pour approfondir mon personnage. Tout marchait comme sur des roulettes. L'ambiance était agréable. On riait comme des fous entre les prises, Jean Becker se montrait ouvert, drôle, chaleureux et vraiment très sympathique avec moi.

Et puis, un jour, ça s'est arrêté. Aussi vite nous étions-nous retrouvés, aussi vite nous ne nous sommes plus vus. Plus de nouvelles. *L'Été meurtrier* semblait être passé comme passent les saisons. Quelque temps plus tard, j'ai eu le fin mot de l'énigme. La production, qui tenait à sa tête d'affiche, avait bien voulu capituler pour le rôle masculin mais n'entendait pas céder pour la vedette féminine. Jusqu'ici, mon engagement n'était pas remis en question. Je fus d'autant plus surpris de lire dans la presse que le film allait se faire avec Isabelle Adjani et... Alain Souchon.

Au final, ce fut la réussite que l'on sait. Pour ce qui me concerne, je n'ai pas eu de regrets : ça se fait, tant mieux, ça ne se fait pas, tant pis ! C'est une façon d'être et de vivre les événements que je pratique depuis toujours. J'avais passé de bons week-ends avec Françoise et Jean Becker, nous nous étions bien amusés, j'avais énormément appris et vu beaucoup de monde, ce qui nous avait sortis pendant quelque temps des conditions dans lesquelles nous vivions. Ne serait-ce que sous cet angle, l'expérience se révélait positive. Mais les choses n'en resteraient pas là, j'en étais convaincu. Et j'avais raison de l'être, même si la chance prit encore un peu le chemin des écoliers avant de songer à se représenter.

⁂

Entre-temps, j'avais reçu un coup de fil de Daniel Hamelin que j'avais autrefois connu à Radio France. Il était en passe de devenir directeur des stations locales de la maison ronde et ne pouvait plus assumer son émission quotidienne. Apparemment des décisions étaient en train de se prendre, et il avait besoin d'avoir les coudées franches. Il m'appela comme si nous nous étions vus la veille.

— Gérard, c'est très important, il faut que tu me remplaces sur Inter le matin.

— Ça m'étonnerait, répondis-je, tu sais bien que le directeur ne m'apprécie pas beaucoup. À mon avis tu devrais regarder ailleurs, il n'acceptera jamais.

— Ne te casse pas la tête pour ça, c'est arrangé avec le ministère.

— Ah bon?

— Oui, oui! Laisse tomber, je viens te voir à Houdan et je t'explique.

Il est arrivé deux jours après au café de la Paroisse, qui me servait toujours de P. C. de base. Il m'a parlé en deux mots de ses affaires et il a conclu :

— Tout le monde est d'accord. Tu me remplaces à partir de la semaine prochaine.

— C'est sûr?

— Pas de problème!

Il n'était pas dans mon idée, a priori, de retourner un jour à France Inter, mais je voyais là un clin d'œil du destin. L'émission que je devais assurer le matin de 9 à 11 heures était un hit-parade du genre « Deux manches et la belle ». Comme ma vieille DS avait rendu l'âme, j'ai dû pour aller travailler à Paris en acheter une autre d'occasion, à crédit, une magnifique DS 21 à injection, avec intérieur cuir, qui marchait comme un avion. J'adorais ces voitures dans lesquelles j'ai roulé pendant des années : j'y étais si attaché que j'en ai eu huit au total...

Je partais à 6 heures du matin pour être tranquille sur l'autoroute et, surtout, pour arriver assez tôt afin de me ménager un temps de repos avant de prendre l'antenne, de me mettre dans l'ambiance, d'être à l'écoute de la journée et des gens.

Pour exercer ce métier, il faut faire plein de petits trucs qui semblent sans importance à première vue mais indispensables, parce qu'ils font partie de la vie. Il faut vivre au quotidien en intégrant tous ces détails dont les autres ne parlent pas — sinon entre eux dans les couloirs, à la pause déjeuner — comme arroser le jardin, marcher sans but, prendre la voiture, aller chez un brocanteur pour rien, revenir, rendre service à quelqu'un, renseigner un automobiliste égaré, aider un voisin à réparer sa fenêtre... Cela peut paraître quelconque, mais ce sont en fait des activités essentielles, liées à la vie de la personne et non pas à son métier, sa fonction, son apparence sociale. D'abord, si on ne les accomplit pas, très vite on devient une machine ; ensuite ce sont ces petites choses qui forment le plus sûr commun dénominateur entre les hommes, quels que soient leur origine et leur niveau social, la jet-set mise à part — et encore !

En attendant, cela me faisait une drôle d'impression, après tant d'années, de reprendre chaque matin le chemin de la Maison de la Radio. Mon inconscient m'avait peut-être prédisposé à boucler la boucle de ce métier en retournant à la case départ. De moi-même, je n'y serais pas revenu parce que ce n'est pas un endroit très drôle. Tout y est pesant, enfermé, étouffé. Il y règne un état d'esprit qui m'est étranger. Je ne suis ni assez souple, ni suffisamment habile pour y évoluer sans rien casser. J'ai toujours eu besoin de respirer en direct l'air de la rue, celui des événements, celui de la liberté, et d'entretenir les rapports les plus carrés possibles avec les autres. C'est ma nature, mais c'est aussi un choix. Dans cette maison ronde, je trouve qu'on tourne en rond.

Heureusement, Roland Dhordain était toujours là. On s'est revus, on se revoit encore, on s'embrasse et on s'aime toujours autant. Je lui dois énormément. Il était là au moment où il fallait être là, il a fait pour moi les gestes qu'il fallait et il n'a jamais manqué à sa parole, même si on s'est engueulés. Rien d'autre ne compte à mes yeux.

⁂

À Houdan, en nous promenant quelques rues derrière l'église, nous passions souvent devant une ancienne ferme à l'abandon, cachée derrière un porche clos. À travers le portail, on pouvait voir le couchant éclairer la cour envahie par les orties et les herbes hautes frissonnant au vent. La bâtisse était pratiquement en ruine et disait sa solitude ; les toits et les pignons menaçaient de s'effondrer. Comme nous ne pouvions la visiter, nous nous contentions de l'imaginer. Elle était grande et avait l'air d'être très belle. Nos pas nous ramenaient régulièrement vers ce bâtiment un peu mystérieux dont les murs prolongeaient, de chaque côté, ceux des maisons voisines. On pouvait passer sans la voir. Il n'est d'ailleurs pas impossible qu'on ait cherché à la faire oublier.

Au bout de la rue, les bâtiments désaffectés de l'ancienne entreprise qui produisait la Boldoflorine — « la bonne tisane pour le foie », comme le chantait la réclame de mon enfance — montraient leurs vitres sales et brisées où se reflétait quand même encore un peu de ciel. Une désertification progressive atteignait les confins du village.

Je voyais venir l'instant où les bulldozers d'un promoteur mettraient à bas cette ferme plus que centenaire pour construire je ne sais quoi à la place. J'étais intrigué, sans doute déjà amoureux de ces vieilles pierres, et comme j'avais du temps, l'après-midi, après France Inter, j'en ai profité pour mener mon enquête. J'ai trouvé les propriétaires, le notaire, et mis au jour par la même occasion une affaire pas claire du tout : d'après la mairie, personne n'avait le droit de vendre ou d'acheter cette propriété. Il suffisait d'attendre qu'elle soit suffisamment en ruine pour prendre un arrêté de péril et la livrer aux démolisseurs.

Je me suis battu comme un diable pour me porter acquéreur de cet endroit. Je n'avais pas d'argent, je n'avais donc rien à perdre. Ça a duré longtemps, mais je n'ai pas lâché. J'ai vendu mon petit immeuble en partie rénové et nous avons emprunté autour de nous pour réunir la somme nécessaire. Nous voulions sauver cette ferme à tout prix, et nous avons réussi à le faire.

Cette fois, nous pouvions la découvrir tout à loisir. C'était une immense maison, haute de plafond avec de grandes pièces aux volumes harmonieux, deux corps de bâtiments principaux et un vaste hangar ouvrant sur la cour. Le terrain filait en pente douce en contrebas, formant une jolie prairie où quelques cerisiers et pommiers régalaient les oiseaux de passage.

Nous nous sommes installés dans les deux seules pièces habitables, avec Marie-Pierre et Mélie. Comme j'étais toujours aussi libre de mon temps, j'ai débuté les travaux, aidé par le père de Françoise. Pour améliorer le confort, j'ai bricolé une cabine de douche en tôle, un chauffe-eau, remis la cuisinière en fonte en état, ce n'était pas le boulot qui manquait. Nous étions heureux d'entreprendre et de construire. L'avenir commençait à prendre forme et Françoise était enceinte de Ninon.

VI

ROMY, MICHEL, MARCELLO, HARRISON ET LES AUTRES...

Un matin, je vis arriver à France Inter, pendant mon émission, une ravissante jeune femme blonde. Fine, pas très grande, elle portait un imperméable à col relevé style Humphrey Bogart qui lui donnait l'air de sortir tout droit de l'un de ses films. Derrière la vitre, elle fit un signe pour m'indiquer qu'elle désirait s'entretenir avec moi. D'un geste, je l'invitai à entrer.

— Venez, je suis hors antenne pour encore deux minutes !

— Bonjour, dit-elle en me tendant la main, je m'appelle Claire Denis et je suis l'assistante de Jacques Rouffio. Je voudrais vous parler d'un projet de film...

— Installez-vous. Le temps que l'émission se termine — il y en a encore pour un quart d'heure — et je suis à vous.

J'étais au micro, j'allais de la cabine au studio, je lançais les disques, j'intervenais à nouveau... Ma visiteuse patientait en s'intéressant à ce qui se passait. Elle me semblait drôle et spontanée. Je la voyais grimacer un peu, de temps à autre, parce que j'avais l'habitude d'écouter la musique en mettant le son à plein tube.

À la fin de l'émission, nous sommes allés boire un verre au café du coin.

— Nous préparons un film intitulé *La Passante du Sans-Souci,* avec Romy Schneider et Michel Piccoli, m'expliqua-t-elle, et il y a peut-être un rôle pour vous. Est-ce que ça vous intéresse ?

— Oui, pourquoi pas !

— Bien. Dans ces conditions, Jacques Rouffio aimerait vous rencontrer. De toute façon, il va falloir faire des essais...

— Des essais, j'en ai déjà fait avec Jean Becker...

— Oui, je sais, mais il va falloir recommencer parce que ça n'a rien à voir. Avez-vous le temps de déjeuner ?

— Non, pas vraiment. J'habite à la campagne, je préfère rentrer chez moi.

— D'accord. Dans ce cas, seriez-vous libre vendredi midi pour manger avec Jacques Rouffio ? Je vous confirme l'heure et le lieu par téléphone ce soir...

— C'est entendu. J'attends votre appel !

Je n'étais qu'à demi surpris par cette proposition. Quelque temps auparavant, à Houdan, Françoise avait reçu un coup de fil de Dominique Besnehard — l'homme clé des castings — la prévenant qu'un réalisateur allait prendre contact avec moi. Le carnet d'adresses de cet agent est devenu légendaire, et les metteurs en scène y puisent abondamment. En tout cas, il a auprès des jeunes comédiens la réputation de faire la pluie et le beau temps dans la profession, et il avait assisté à mes premiers essais devant la caméra. Bien que *L'Été meurtrier* se soit finalement fait sans moi, cet intermède semblait aujourd'hui trouver un prolongement. L'expérience n'avait donc pas été inutile.

Dominique Besnehard avait dit en substance à Françoise « ça ne marchera pas, mais ça ne fait rien, c'est toujours un contact de pris ». Je crois qu'à cette époque il m'aimait bien. Par la suite, durant le tournage des *Cavaliers de l'orage,* ça changera...

Le vendredi, j'ai donc retrouvé dans un restaurant parisien Jacques Rouffio et Claire Denis, qu'à notre deuxième rencontre je ne pouvais décemment pas encore appeler la « mère Denis », comme le faisaient avec une amicale irrévérence les gens du métier. Rouffio, très décontracté, m'a raconté son film avant de me confier un exemplaire du scénario.

— Voilà, vous savez tout... Votre rôle devrait être celui de Maurice Bouillard, un brave type représentant en champagnes qui tombe amoureux d'Elsa Wiener, le personnage de Romy Schneider. Étudiez-le et dites-moi ce que vous en pensez.

De retour à la maison, je me suis plongé dans le scénario. L'histoire m'a tout de suite intéressé. J'aimais la dimension tragique du destin d'Elsa et de Max, la gentillesse pathétique de Maurice Bouillard, un bon gars, champenois comme moi, que je ressentais de mieux en mieux au fil de ma lecture. À peine celle-ci terminée, j'ai appelé Claire Denis pour lui signifier mon accord.

— Parfait, dit-elle. Alors on vous attend après-demain pour les essais.

Le lendemain matin, Dominique Besnehard me téléphonait au café de la Paroisse.

— Il paraît que tu fais des essais avec Rouffio ?

— Oui, j'y vais demain. Je pense que tu y es un peu pour quelque chose, si j'en crois le coup de téléphone que tu as passé à Françoise ?

— C'est normal, si je peux rendre service... Au fait, tu comptes t'habiller comment, pour ces essais ?

— Comme d'habitude, en jeans et en chemise. Pourquoi ?

— Je ne te le conseille pas. C'est pour ça que je t'appelle. Avec Rouffio, si tu veux avoir une chance pour ce genre de rôle, tu as intérêt à débarquer en costume et cravate. C'est dans ton intérêt que je dis ça.

— Mais je n'ai pas de costard...

— Eh bien tu t'en achètes ou tu t'en fais prêter un vite fait. Crois-moi.

— Bon, merci du conseil. Je vais me démerder !

Non seulement je n'avais pas de costume parce que ce n'était vraiment pas mon genre, mais surtout je n'avais pas de quoi m'en offrir un qui fût à peu près convenable. Alors je suis allé voir Maurice, le patron de la Maison Bleue, à Houdan, et je lui ai demandé de me dénicher ce qu'il avait de moins cher. Il m'a sorti de sa réserve un truc à six cents francs, à peine mettable, qui ressemblait vaguement à un costume. En regardant de près, on s'apercevait qu'il n'y avait pas de coutures sur ce machin, tout était collé parce que c'était plus économique à fabriquer comme ça. Je n'avais pas le choix.

Le lendemain, j'ai enfilé cette tenue sur une chemise du même genre, en évitant de m'attarder devant la glace. Je me sentais emprunté et plutôt ridicule, mais les dés étaient jetés. On verrait bien. Je suis monté dans ma DS et j'ai pris la route de Paris sans plus me poser de questions.

Quand je suis arrivé, Jacques Rouffio m'a longuement observé puis s'est tourné vers son assistante en s'écriant :

— C'est lui !

— Comment ça ? ai-je demandé.

— C'est exactement ça, Gérard ! Vous ne vous en rendez pas compte, mais vous êtes tout à fait le personnage, Maurice Bouillard, avec le costume, l'air coincé, ce côté provincial... Tu ne trouves pas, Claire ?

— Si, si. C'est à peine croyable !

Dans la foulée, je me suis retrouvé devant la caméra et sous les projecteurs. Rouffio m'a fait tourner deux bouts d'essais qui ont eu l'air de lui donner satisfaction. Claire semblait partager son avis.

Quelques jours plus tard, Jacques m'a appelé.

— Ça y est, je sors de voir les rushs. C'est très bon. Maurice Bouillard, ce sera vous.

— Je vous remercie, ça me fait plaisir de vous entendre dire ça... mais j'étais aussi le Pimpon de Jean Becker !

— Ah ! Vous savez, me dit-il en riant, ce sont les aléas du métier. Pour ce qui me concerne, c'est définitif. C'est vous que je veux pour ce rôle et personne d'autre ! D'ailleurs, vous verrez, on vous envoie un contrat dès que le casting est terminé.

L'étape la plus importante était franchie. Je commençais à moins regretter l'achat de ce costume ridicule. Finalement, il aurait servi à quelque chose. Car jusqu'ici j'avais conservé un fond de doute. Dominique aimait bien de temps en temps faire des blagues, et je m'étais demandé s'il n'avait pas eu l'arrière-pensée de me mettre dans le pétrin, aux yeux de Rouffio, en m'attifant de la sorte. Ça lui aurait donné une bonne histoire de plus à raconter dans ses dîners en ville, quelque chose comme *Le Dîner de cons* avant l'heure. Je ne connaîtrai jamais la vérité à ce sujet, mais vu la tournure que prenaient les choses, cela devenait secondaire.

Une semaine plus tard, je recevais le contrat que je renvoyais signé par retour de courrier. Tout était censé s'enchaîner rapidement, mais le destin s'est acharné sur Romy Schneider ; elle a d'abord été malade, et il y a eu la tragédie de la mort de son fils, David, qui a bouleversé le monde entier.

De longs mois ont passé, et puis un jour Claire Denis m'a donné rendez-vous à Berlin pour le début du tournage. La grande aventure allait pouvoir commencer.

Les dates du tournage en main, je suis allé trouver le directeur des programmes pour voir comment on pourrait assurer la continuité de mon émission.

— Il faudrait que je parte un mois pour jouer dans un film à Berlin. À ton avis, comment peut-on s'organiser pendant ce temps ?

— Mon petit Gérard, tu dois choisir : c'est la radio ou le cinéma, mais certainement pas les deux à la fois ! Tu fais comme tu veux.

Ça recommençait...

— Bon, eh bien dans ces conditions, c'est le cinéma !

— Libre à toi... Et après ton tournage, tu fais quoi ?

— Après ? On verra !

— À ton aise. En ce qui me concerne, c'est tout vu.

Décidément, il y avait quelque chose de pas très net, à un certain niveau, chez les gens de radio. Ils vous engageaient comme pigistes mais prétendaient se comporter à votre égard comme si vous étiez sous contrat à durée indéterminée. Étrange manière d'accommoder la sauce dans le sens qui les arrangeait le mieux. Je pris donc mes dispositions en conséquence. Je fis mes adieux et sautai dans l'avion pour Berlin.

Peu de temps après le début du tournage, je recevais la notification de mon licenciement sans indemnités. Ce n'était ni très clair, ni très fair-play. Je suppose que la direction de France Inter s'en moquait éperdument.

Pour mes vrais débuts au cinéma, j'avais la chance de découvrir le métier aux côtés de très grands professionnels. Comme je faisais entièrement confiance à Jacques Rouffio et à son équipe, je profitais de cette occasion exceptionnelle pour tout observer, l'organisation, le jeu des comédiens, le travail des techniciens. Je m'imprégnais de chaque personnage du film afin de mieux intégrer mon propre rôle.

Curieusement, je n'étais pas impressionné par Romy Schneider. C'est-à-dire que, de prime abord, je ne la considérais pas comme *la* superstar mais comme une femme et une actrice, tout simplement. Cela peut paraître bizarre, mais même à l'époque des idoles et de toute cette génération des années soixante qui n'a vécu qu'au travers du mythe des vedettes, je n'ai jamais éprouvé ce genre de dévotion. Je ne cherchais pas à faire l'intelligent ou à me singulariser : je ne me sentais pas concerné. Force était de constater que les célébrités ne m'avaient jamais fait beaucoup d'effet. Dans ma jeunesse, j'allais très peu au cinéma et je n'écoutais pas non plus beaucoup les idoles ; je ne faisais donc pas partie de ces mômes qui se précipitaient pour attendre des heures la sortie de leur tête d'affiche préférée, qui chassaient et collectionnaient les autographes, qui hurlaient, cassaient les fauteuils, ou s'évanouissaient d'émotion parce que la main ou le vêtement de tel chanteur à la mode ou de telle star de l'écran s'était laissé frôler. En fait, j'avais tout du paysan — déjà ! —, les pieds sur terre mais la tête dans mes étoiles, la vie, la famille, la nature...

C'est probablement l'une des raisons pour lesquelles, avec Romy, le courant est si bien et si vite passé. C'était à Berlin, le jour de mon arrivée dans le grand hôtel où une chambre lui servait de loge. Comme je voulais lui dire bonjour, me présenter avant que nous nous retrouvions face à face devant les caméras, j'ai attendu dans un petit salon aux fauteuils de cuir brun. Soudain, la porte s'est ouverte et

Romy m'a dit d'entrer avec son accent si particulier. Je ne me souviens plus lequel de nous deux a commencé à parler allemand. Nous avons ri. De ce jour-là, elle n'a plus cessé de m'appeler « *Herr* Klein » ni moi de lui donner du « *Frau* Schneider ».

Cela ne m'a pas empêché de mesurer la chance que j'avais d'apprendre ce qu'était le cinéma auprès d'elle. En plus d'être sublimement belle, Romy Schneider était sublimement drôle, élégante, généreuse, aimable...

Préoccupé par le travail qui nous attendait, j'avais le sentiment d'avoir des leçons à prendre. Non seulement je devais savoir mon texte, mais il fallait que je sois en harmonie avec elle pour les scènes que nous avions à jouer ensemble dès le premier jour. Je ressentais le besoin de la connaître ou, au moins, de la deviner, mais pas de la découvrir à chaud, au débotté et au fil des répliques échangées devant la caméra. Parce que j'avais peur de me planter. L'a-t-elle compris, ou bien partageait-elle le même souci? Toujours est-il qu'elle m'a tout de suite proposé de répéter notre scène.

— Tu veux qu'on joue notre texte, avant de tourner?

Je n'aurais jamais osé le lui demander mais, je devais le découvrir par la suite, elle était attentive aux autres et savait les devancer. Nous nous sommes mis au boulot avec beaucoup de simplicité. Ce n'était pas le professeur et l'élève, mais deux écoliers consciencieux et appliqués, désireux de donner le meilleur d'eux-mêmes. Grâce à cela, sur le plateau, tout s'est admirablement déroulé. Nous savions où nous allions, nous étions sûrs l'un de l'autre, en tout cas je n'étais pas dans le brouillard comme cela aurait pu se produire avec un autre comédien. Il est si facile pour un grand acteur de déstabiliser ou de démolir un débutant !

Je me suis vite rendu compte que parler l'allemand nous isolait complètement des autres, mais ça lui faisait tellement plaisir de s'exprimer dans sa langue maternelle qu'elle en profitait avec gourmandise. Nous formions comme un îlot au milieu du groupe, ce qui était tout de même assez curieux.

J'ai mis quelques jours à prendre conscience de la forme particulière de tension qui règne dans une équipe de cinéma. Même quand les choses ne vont pas très bien, les gens sont gentils et se montrent d'une docilité surprenante. La cause en est l'incertitude du lendemain. Le cinéma est un métier où rien n'est jamais assuré. Le chemin est long qui va du projet à la réalisation : or nombre de projets n'aboutissent jamais !

Aujourd'hui les techniciens travaillent, ils sont sur un film pour deux ou trois mois, mais ensuite ? À un moment ou à un autre, et surtout dans les dernières semaines de tournage, on les sent s'interroger : « Pourvu que j'enchaîne derrière ! » se disent-ils. Romy Schneider, Claire Denis et moi-même, en revanche, nous vivions dans l'instant, sans trop nous inquiéter du lendemain. Résultat, nous détenions le record absolu des fous rires quotidiens. Les autres ont fini par nous regarder comme des bêtes curieuses. J'ai fait pleurer de rire Romy je ne sais pas combien de fois. Sans doute en avait-elle besoin pour se libérer des fantômes qui la hantaient. Nous nous amusions bêtement de tout, comme des adolescents ou des soldats en manœuvre. Nous nous envoyions des petits mots de connivence. Après dîner on faisait la fête, et invariablement on se couchait tard. Au point qu'à la fin du tournage, nous étions morts de fatigue.

C'était moi le meneur. Piccoli, qui ne manquait pas une occasion de se joindre à nous, lançait à Rouffio : « Tu ne m'avais pas dit que tu avais engagé un fou ! » et Jacques de s'esclaffer qu'il en fallait au moins un par film, pour ne pas sombrer dans l'angoisse qui guette tout réalisateur jusqu'au clap de fin. Jacques Brel aussi m'appelait le fou. Ce devait être vrai quelque part.

Hors champ, Romy et moi avons donc passé des heures et des heures à picoler et discuter. Elle avait tout traversé dans son existence, la maladie bien sûr, qui lui avait fait entrevoir les limites de la résistance humaine, et jusqu'à l'inacceptable, la mort horrible de son fils... Elle parlait en connaissance de cause de l'espace ténu qui sépare le monde réel du monde fictif. Déjà, à cette époque, je craignais d'interpréter des rôles limites, de ceux qui par exemple évoquent la mort. Pas la mienne, mais celle d'un enfant en l'occurrence. Le sujet m'inquiétait. Je ne pouvais pas m'empêcher de penser que, même dans un film, la frontière entre la fiction et la réalité est extrêmement mince. Je ne voulais pas prendre le risque de la franchir, ou que l'une engendre l'autre. Romy Schneider en parlait à demi-mot, avec la conscience aiguë de quelqu'un qui en a fait l'expérience. La vie l'avait tellement déchirée...

Nous avons beaucoup parlé, également, de l'énergie que l'on transmet au spectateur, et de celle que l'on reçoit en échange. Encore un mystère qui nous intriguait tous les deux, moi le débutant et elle la grande actrice.

Sur le plateau, elle était extraordinaire à voir. Dans ce drame où le président de Solidarité internationale démasque et abat l'ambassadeur du Paraguay qui n'est autre qu'un ancien nazi — prétexte à faire revivre toute une époque —, elle interprète deux rôles, celui d'une femme morte jadis dans le Berlin de 1933, et celui de son sosie. Elle se servait admirablement de sa beauté tranquille, de son sourire et de ses regards si changeants pour donner toute son ampleur à un jeu intériorisé. Tout était dans d'imperceptibles nuances, des gestes et des intonations. Sa spontanéité était d'autant plus émouvante qu'elle était d'abord refoulée, avant de jaillir au détour d'un mot ou d'une attitude. La conscience qu'elle apportait à son travail et la maîtrise dont elle faisait preuve forçaient l'admiration de tous.

On a dit et on a écrit qu'au temps de ce tournage elle était au sommet de son art. Je le pense aussi. Elle avait un jeu riche d'un million de facettes, et toujours bouleversant. Je l'ai vue tout donner. C'était son dernier film. Elle ne le savait pas.

*
**

Sous la houlette de Jacques Rouffio, j'ai énormément appris sur le cinéma, sur la direction et sur le métier d'acteur. Qui plus est, j'avais Michel Piccoli comme modèle, un immense bonhomme aussi profond que drôle, goûtant les choses de la vie, avec un sens inné du mot et du regard justes. Il fait partie de ces gens qui agissent d'instinct. Je le qualifierais toutefois d'« intellectuel instinctif ».

Quant à la « mère Denis », elle ne se contentait pas d'être ravissante : elle était une assistante remarquable, veillant à chaque détail avec naturel et efficacité. Je pensais alors que tous les assistants étaient comme elle. Je me suis vite rendu compte, par la suite, que ce n'était pas le cas.

William Sivel, l'ingénieur du son qui est mort peu de temps après le tournage, était un homme de grand talent. Il avait participé à la Croisière Jaune [1] et aimait l'aventure du cinéma où chaque film figure un nouveau voyage. Bien sûr, c'était un véritable artiste dans sa spécialité. J'ai également beaucoup appris avec Yves Agostini, le cadreur. Il a pris la peine de me consigner par écrit, sur une dizaine de pages, tout ce qui avait trait au cadrage, les lois d'optique, ce qui se passait — techniquement parlant — dans les mouvements de caméra, quand le comédien s'éloignait ou s'approchait selon les plans et les focales utilisées, de telle sorte que je puisse essayer d'en tenir compte en jouant. Il m'a tout simplement fait gagner dix ans d'expérience, et ses explications m'éclairent encore aujourd'hui dans mon travail, que ce soit avec *L'Instit* ou avec *Va savoir*.

1. Citroën organisa en 1931-1932 la traversée de l'Asie de Beyrouth à Pékin, via l'Himalaya et le désert de Gobi. Ce raid effectué en chenillettes est connu sous le nom de Croisière Jaune.

Grâce à eux tous, j'ai compris que le métier d'acteur était d'abord technique et physique avant d'être du ressort de l'âme. Si l'on maîtrise la technique, le reste devient plus simple et on gagne un temps considérable. Je suis un peu en marge de la profession, c'est vrai, mais je constate que beaucoup d'enfants de la balle sont tellement occupés à disséquer ce qu'ils éprouvent qu'ils en oublient que le cinéma est un travail d'osmose entre les comédiens, le metteur en scène et l'équipe technique.

Il y a là quelque chose d'assez proche du son et du support magnétique qui, comme je l'avais remarqué pour le disque, prend en compte l'état vibratoire des comédiens et des lieux au moment de la prise de vues. Je suis frappé quand je revois un film comme, par exemple, *Les Tontons flingueurs,* la comédie de Georges Lautner avec Lino Ventura, Bernard Blier, Francis Blanche, Jean Lefebvre et Claude Rich ; ce petit chef-d'œuvre a beau dater de 1963, il n'a pas pris une ride. Pourquoi ? Parce qu'il y a un contenu, un vrai scénario, et que les acteurs jouent dans une complicité totale. Ils sont dans le plaisir constant de tourner ensemble, ils se poussent mutuellement pour aller au bout des enchaînements comiques et entraîner le spectateur avec eux par la spontanéité de leur interprétation. Rien ne remplace cette force que procurent l'engagement et le désir communs de donner vie à des personnages.

Et puis il y a le public, qui s'identifie au « héros » et qui, si le talent de l'acteur s'en mêle, participe à la création. Un personnage n'existe pas en dehors de la pellicule ou du petit écran, il n'est qu'une forme d'énergie imaginée par les gens qui regardent.

L'acteur, surtout connu, récolte l'énergie dont les spectateurs investissent son personnage, elle ne vient pas uniquement de lui.

Ce premier tournage avec Romy Schneider, Michel Piccoli et Maria Schell reste donc pour moi une grande leçon sur tous les plans et un beau souvenir. Et comme un bonheur ne vient jamais seul, pendant que j'étais à Berlin Françoise a donné naissance à notre petite Ninon, la deuxième de la lignée et la quatrième de nos filles. Cette fois je tenais ma vraie famille ! Grâce à elles, je venais de rejoindre ma réalité intérieure.

J'avais dû me débrouiller convenablement et camper un Maurice Bouillard assez convaincant, car j'ai été « nommé » pour le César du meilleur second rôle où Jean Carmet m'a devancé, et à plusieurs reprises après la sortie du film on me proposa des rôles similaires, de garçons sympathiques amoureux d'une femme qui suit une autre destinée. J'ai refusé à chaque fois, parce que sinon j'aurais joué dix *Passante du Sans-Souci,* ce qui n'était ni mon intérêt, ni mon ambition. J'ai finalement accepté, l'année suivante, un sujet complètement différent : *Les Cavaliers de l'orage.*

⁂

Je dois cette fois encore à Dominique Besnehard d'avoir été pressenti par Gérard Vergez, le réalisateur, pour l'un des trois rôles principaux du film d'aventures qu'il préparait. J'avais trouvé le scénario original et attachant : pendant la guerre de 1914, une jeune veuve polonaise, Marlène Jobert, se prenait d'amitié pour deux frères intrépides... Le sujet était traité comme une vaste fresque à la fois historique et sentimentale, dans laquelle la rivalité amoureuse fortuite créée par la situation se doublait de la volonté farouche du cadet de parvenir à égaler puis à prendre le pas sur son aîné, Jason, dont je campais le personnage.

Les deux frères étaient des cavaliers émérites et le sujet comportait bon nombre de cascades et de combats que je tenais à pouvoir assumer dans les meilleures conditions. Seulement, fauché comme je l'étais, je ne voyais pas comment je pouvais m'offrir des cours d'équitation. En désespoir de cause, je suis allé voir le producteur, Tarak Benamar, à qui j'ai exposé mon problème.

— Je suis tout à fait d'accord pour prendre le rôle. Le sujet m'intéresse beaucoup, ainsi que le personnage de Jason, mais il faut que je m'entraîne dur pour monter à cheval comme pour les scènes de combat, et je n'en ai pas les moyens. Si tu veux que je fasse ton film, tu me payes au mois jusqu'au tournage.

Il fallait compter neuf mois avant le premier tour de manivelle et trois mois de mise en boîte. Tarak tenait sans doute à moi et avait compris tout l'intérêt qu'il y avait à ce que je sois un bon cavalier. Sans hésiter, il m'a salarié jusqu'à la fin du tournage, c'est-à-dire pendant un an.

Délivré du souci matériel, j'ai pu me consacrer entièrement à ma préparation. J'ai toujours aimé l'équitation et je n'ai jamais raté une occasion de grimper sur une selle, mais comme la plupart des gens qui ne sont pas de vrais cavaliers, je m'en sortais très mal. J'ai donc demandé à Mario Luraschi, maître écuyer bien connu dans le métier, de me prêter deux montures. J'ai fait livrer six cents mètres cubes de sable pour transformer la cour principale de la ferme de Houdan en manège, et j'ai installé les chevaux dans l'écurie abandonnée qui a ainsi repris du service. Tous les jours je montais les deux chevaux, chacun une heure, en alternance, avec un professeur d'équitation que j'avais pris pour me mettre au niveau du rôle. J'ai travaillé d'arrache-pied, j'ai même appris à tomber... involontairement ! Il y avait un temps de manège et puis des sorties où, progressivement, on pratiquait toutes les allures. Bien entendu je m'occupais personnellement des chevaux : je les pansais, je les nourrissais, je leur donnais à boire et je tenais l'écurie impeccable.

J'avais besoin d'être totalement à l'aise dans tout ce qui touchait au cheval et d'être heureux de monter. Si je ne m'étais pas senti bien, si cela avait été une punition, je me demande comment j'aurais pu tenir trois mois en incarnant le personnage de Jason. Il fallait que ce soit un plaisir. J'en veux pour preuve que l'autre comédien, mon « frère », qui n'avait pas pris le temps de travailler suffisamment avant le film, a passablement souffert.

Comme il y avait également beaucoup de combats, je me suis mis à l'entraînement avec des professionnels de la lutte et du catch. Je voulais que ma condition physique fût parfaite, autant pour la facilité du tournage que pour ne pas risquer de passer mon temps entre les mains d'un kiné. À force d'exercice, de jogging intensif et de musculation, j'ai perdu dix kilos et j'ai pris des épaules et des bras. Bref, j'étais en pleine forme.

Pendant cette période préparatoire, on m'a proposé plusieurs rôles qui auraient été compatibles avec mon emploi du temps. J'ai notamment refusé un film de Costa-Gavras, parce que je voulais me donner entièrement à ce que je faisais. D'un côté j'étais payé pour devenir un Jason crédible, d'un autre je ne souhaitais pas me disperser. Je ne voulais pas m'immerger, ne serait-ce qu'un mois, dans l'atmosphère particulière d'un tournage, jouer un personnage différent et, le mois suivant, revenir à mon entraînement. S'il en avait été autrement je me serais pris pour un acteur professionnel de cinéma, ce que je ne suis pas. Ça n'aurait plus été la même chose, ce n'aurait plus été moi, et je me serais mis en péril. Un acteur de métier, lui, ne se met pas en danger en incarnant plusieurs rôles. Certes, il peut prendre des risques physiques en ne se faisant pas doubler dans les cascades ou en étant insuffisamment préparé, mais psychologiquement, moralement, ou bien encore au niveau de la personnalité, il ne craint pas grand-chose. Les dédoublements sont quand même rares ! Pour ma part, je trouve plus intéressant de faire un seul film à la fois, parce que j'aime m'engager à fond dans ce que je fais.

Les prises de vues devaient se dérouler en Yougoslavie. J'y ai emmené Françoise et trois de nos filles : Marie-Pierre, Mélie et Ninon qui avait déjà presque un an et demi ; Véronique, mon aînée, allait venir nous rejoindre un moment, quelques semaines plus tard.

Pour la circonstance, j'avais dû acheter une autre DS d'occasion, une Pallas qui avait déjà pas mal vécu mais qui était encore fringante. À son bord, nous allions découvrir dans un confort absolu toute la beauté de ce pays sauvage que nous sillonnions de long en large, dès que l'occasion nous en était donnée. Le coffre où trônait le pot de chambre de Ninon était bourré de couches pour la demoiselle — Dieu sait s'il en fallait une sacrée provision, car à l'époque on n'en trouvait pas en Yougoslavie — et d'un stock de café pour tenir les trois mois prévus. Nous partions à l'aventure, mais pas sans munitions. Mario Luraschi et les chevaux nous accompagnaient.

Nous avons vécu des moments merveilleux au contact de la population. Je n'avais pas voulu loger dans un hôtel de luxe, je préférais louer dans les campings, les chambres d'hôtes ou chez les habitants, vivre comme eux et rester en famille. Je me couchais de bonne heure la veille des jours où l'on filmait des scènes de combats, si bien que j'étais en super forme pour me bagarrer.

Ce film m'a conforté dans l'idée que le cinéma est d'abord une aventure technique, car pour faire des images il faut tenir compte de la lumière, du cadre, du son, des caractéristiques du lieu. C'est, à mon sens, 90 % de technique, 5 % de mémoire, 5 % de chance et, s'il reste quelque chose, le talent de l'acteur. J'exagère sans doute, mais il faut arrêter de délirer dans le superlatif où se complaisent les journaux qui se veulent vendeurs d'âme en écrivant sur les acteurs à longueur de colonnes — quand ils ne les éreintent pas — « il est génial, il est extraordinaire, il se défonce, etc. ». Il est certain que le comédien qui ne donne pas le maximum passe pour un médiocre, mais ce n'est pas une raison pour parer de performances plus ou moins imaginaires un acteur qui fait honnêtement son travail. Le marketing et la promotion, dont on ne peut nier l'utilité, ont quand même tendance à dénaturer le fond des choses. La surenchère est à la mode, mais le produit reste ce qu'il est.

J'ai gardé peu de souvenirs du tournage proprement dit, qui s'est déroulé sans problèmes, du moins de mon point de vue. Mes rapports avec le réalisateur n'étaient pas très chaleureux ; en fait, je m'entendais surtout admirablement bien avec les figurants yougoslaves. Ils étaient trois à quatre cents, une sacrée bande de joyeux drilles heureux de gagner leur vie en s'amusant de la sorte. À la manière que j'avais d'être en famille et de vivre chez l'habitant, ils sentaient que j'aimais leur pays. C'étaient de fiers compagnons et de solides buveurs. Ils arrivaient chaque jour avec des litres de slibovitz, un alcool de prune qui devait titrer dans les 70°, qu'ils ingurgitaient sans s'émouvoir par 50 °C au soleil, de quoi tomber raide.

— Iason ! m'appelait l'un d'eux, qui ne parvenait pas à prononcer le « J » de Jason.

— Oui, qu'est-ce qu'il y a ?

— Boire, boire, boire ! criait-il en brandissant une bouteille de slibovitz...

— Non, non, désolé... Je ne peux pas, les mecs, je dois travailler. Merci quand même !

Ils étaient agglomérés en bandes comme de vrais soldats et passaient leur temps à rire entre les prises.

À la fin de la journée, au lieu de rejoindre l'équipe pour faire la fête toute la soirée et une partie de la nuit à l'hôtel, je rentrais « à la maison » retrouver Françoise et jouer avec les filles, réviser mon texte, discuter chevaux avec Mario et, surtout, me coucher tôt. C'est une attitude qui n'a pas plu à tout le monde. Ma manière de vivre en retrait et en famille me faisait juger comme asocial, mauvais coucheur et plouc indécrottable. Bref, j'étais infréquentable ! Le metteur en scène a sans doute été déçu... J'ai eu du mal à comprendre ces réactions car pour moi, l'important dans un tournage, c'est le film, un point c'est tout. J'ai sans doute un raisonnement primaire, mais j'estime que pour le réalisateur comme pour le producteur, on doit retrouver à l'écran les sommes investies, qu'elles le soient en hommes ou en matériel — pour parler comme les militaires —, c'est-à-dire dans les costumes, les décors, les effets spéciaux et le travail des comédiens. Le reste est une question d'appréciation personnelle. Libre à chacun d'utiliser son temps comme il le désire, et il y a longtemps que je taille ma route sans prêter attention aux ragots dont se nourrissent les amateurs. J'ai d'autres manières d'occuper mon esprit.

Et puis, c'est pour moi une question d'équilibre. Sur le tournage de *La Passante du Sans-Souci,* en faisant la fête tous les soirs, je m'étais totalement épuisé. C'était de la folie de tirer sur la corde à ce point. Certes, j'avais passé de très bons moments et je ne regrettais rien, mais j'avais compris que si je devais continuer à faire ce métier, il fallait absolument respecter une hygiène de vie. Faute de quoi, je ne voyais pas comment je pourrais couper un jour ou l'autre à la chaîne redoutable des remontants, des amphétamines, des tranquillisants, des somnifères et autres camisoles chimiques. Très peu pour moi ! Ma femme et mes filles sont ma vraie source de vie, c'est avec elles et en elles que je puise l'énergie nécessaire sur les plateaux. Il me fallait donc prendre moi-même la situation en main.

À Berlin, j'étais parti seul. J'avais une fois ou deux fait le voyage à Houdan pour retrouver « mes filles », Marie-Pierre, Mélie et Françoise sur le point d'accoucher de Ninon. En Allemagne, j'habitais un grand hôtel avec une salle de bains somptueuse et surchauffée, tandis que mes femmes campaient au milieu d'un chantier glacial et vivaient à la dure. C'était en plein hiver. Le contraste était saisissant. Je ne l'avais pas oublié. C'est pourquoi, lors des *Cavaliers de l'orage,* tout en donnant chaque jour le meilleur de moi-même dans mon rôle, j'ai voulu recueillir au-dehors, avec les miens, de beaux souvenirs. Être au contact des gens, les rencontrer, apprendre à les connaître... Et j'estime avoir rempli mon contrat vis-à-vis de Tarak Benamar et de Gérard Vergez, aux yeux de la profession comme aux miens.

Aujourd'hui encore, quand je termine un tournage, quel qu'il soit, une heure après j'ai oublié les lieux, les gens, ce que j'ai dit et, parfois, il m'arrive même d'oublier que j'ai tourné ! Ce n'est pas du désintérêt

— au contraire — et le paradoxe n'est que d'apparence. Cela signifie simplement que je vis au présent, que je suis totalement à ce que je fais à chaque seconde.

Et quand c'est fini, c'est fini ! Je vide ma mémoire. C'est reposant. Sinon, l'esprit s'encombre d'anecdotes et l'on devient un homme lourd de ses souvenirs : « Oui, je me rappelle cette séquence de *L'Instit* à la Martinique. Sur le marché, une femme charmante m'a montré des fruits que je n'avais encore jamais vus. » Il y en a qui parlent comme ça... C'est ce que je m'efforce de fuir, afin de garder ma spontanéité et ma capacité d'émerveillement intactes. En fait, je reproduis inconsciemment le mécanisme de mon enfance ; il me permettait de me laver l'esprit et la mémoire des choses inutiles ou périmées afin de me rendre disponible pour ce que je devais faire. Grâce à cela, j'arrive sur chaque plateau de *L'Instit* entièrement neuf, et sans aucun point de comparaison avec l'épisode précédent.

⁂

Lorsque j'avais quitté Michel Piccoli, à la fin du tournage de *La Passante du Sans-Souci,* il m'avait dit d'un air à la fois complice et mystérieux :

— On va re-tourner ensemble, j'en suis certain !

Cela m'a fait plaisir mais, bien entendu, je n'ai pas pris ses propos pour argent comptant. Nous venions de passer un mois au cours duquel nous avions beaucoup partagé, nous ne pouvions pas nous séparer sans nous dire « à bientôt » ! Mais, concrètement, cela n'engageait à rien.

Je ne sais pas s'il avait déjà en tête le scénario du *Général de l'armée morte,* réalisé par Luciano Tovoli, qu'il a coproduit en 1983, mais quand il m'a appelé pour me proposer de jouer le très teuton général Krotz, j'ai dit oui les yeux fermés. Et je ne l'ai pas regretté ! Cette comédie dramatique aux accents cornéliens tirée d'un roman d'Ismaïl Kadaré raconte la folle épopée d'un général et d'un aumônier chargés de rapatrier les restes des soldats italiens tombés en Albanie. Elle réunit dans les rôles principaux Michel Piccoli, Marcello Mastroianni et Anouk Aimée. Je les ai vraiment découverts là, et nous avons passé ensemble des moments inoubliables. Je crois bien que c'est avec Marcello Mastroianni — qui interprétait le général italien Ariosto — que j'ai le plus ri de toute ma vie !

Ce grand acteur qui a incarné le cinéma transalpin depuis la Libération jusqu'au milieu des années soixante-dix possédait un immense talent. Il n'est pratiquement pas de genre dans lequel il ne se soit illustré, ni une tendance artistique à laquelle il n'ait participé. Pourtant, ce qui m'a le plus frappé chez lui, c'est sa simplicité. Il ne se prenait jamais au sérieux et s'ingéniait en outre à minimiser ses qualités.

Toujours consciencieux, attentif, patient, souple et disponible, il s'évertuait toutefois à ne jamais donner l'impression d'être à la tâche. Pour lui, être un acteur n'était pas un sacerdoce, mais un métier comme un autre. Il le faisait, disait-il, « comme on va au bureau et à l'usine ». Il n'en reste pas moins que sa manière de jouer donnait une extraordinaire impression de facilité. Il était constamment naturel mais, en même temps, il s'amusait comme un gamin ironique, malicieux, bourré d'humour. D'ailleurs, pour lui l'acteur était un enfant et le metteur en scène une sorte de père qui le faisait jouer tout en le payant pour cela !

Le tournage devait normalement avoir lieu en Albanie, où se déroule l'action, mais les autorisations avaient été refusées au dernier moment. Nous nous sommes donc retrouvés avec toute l'équipe à Laquilla, une petite ville des Abruzzes — une étrange région d'Italie, austère et montagneuse. Là-bas, la nuit tombe très tôt en hiver, les journées de travail sont courtes et les soirées interminables, rien ne semble se passer. Invariablement, vers 7 heures du soir, le téléphone sonnait dans ma chambre d'hôtel. C'était la voix de Marcello.

— Gérard, qu'est-ce qué tou fais ?

— Ben rien, et toi ?

— Rien non plous... Viens, on va boire un coup au bar.

— Il est un peu tôt, quand même ?

— Allez viens, viens...

On se retrouvait dans le hall de l'hôtel et puis on allait traîner dans la rue principale — et unique — de Laquilla, exclusivement occupée par des charcuteries. Je n'ai jamais compris comment il pouvait y avoir autant de charcutiers dans un si petit endroit. Avec son inimitable accent, Marcello me disait en faisant de grands gestes :

— Regarde ! Regarde ! C'est ça, l'Italie !

Et à la manière des ivrognes qui font le tour des bistrots, nous entrions dans chaque boutique pour acheter sa spécialité. On a goûté tous les jambons, secs, demi-secs, cuits, fumés, crus...

Une fois nos emplettes terminées, pas question d'en rester là.

— Viens, viens, on va aller voir « Lé Grand ».

C'est comme ça qu'il appelait Michel Piccoli. Et ainsi tous les soirs, nous allions retrouver Michel dans sa chambre où nous pique-niquions avec Ludivine, sa femme, avant de passer à table pour le dîner. À ce régime, je crois bien que nous avons tous pris cinq ou six kilos, les parties de fou rire ne faisant pas réellement maigrir.

Sur le plateau, on riait beaucoup également. Je me souviens d'une scène où les deux généraux, Ariosto et Krotz, devaient descendre des escaliers côte à côte. Normalement, à ce moment de l'histoire, l'un et l'autre avaient autant d'importance. Mais juste avant le clap moteur, Marcello me marmonnait entre ses dents :

— Jé vais té baiser, jé vais té baiser, jé serai lé prémier.

Et il essayait de m'avoir, de faire le truc qui attirerait l'attention sur lui, de prendre un peu d'avance sur moi pour tenir le devant de la scène. Je me piquais au jeu, j'essayais à mon tour de le piéger. Quand j'y arrivais, il murmurait :

— Oh ! Tou m'as baisé, tou m'as baisé !

Et puis au clap de fin, il s'exclamait :

— On né la prend pas, celle-là. Elle est pas bonne !

C'était subtil, presque rien, mais tout le monde avait compris et s'esclaffait. Marcello, c'était vraiment un grand bonhomme, chaleureux, drôle. Il avait en permanence l'envie de s'amuser comme un gosse...

Parmi les techniciens, il avait un vieux copain électricien avec qui il était incroyablement complice. On sentait combien ces deux-là se respectaient et s'admiraient mutuellement. Ils avaient un rituel plutôt surprenant, une vraie plaisanterie de potaches. Entre le moment où Tovoli criait « Moteur ! » et celui où il allait dire « Action ! », après avoir fait annoncer la séquence, le numéro de séquence, le nombre de prises et le clap, le technicien surgissait de nulle part, en courant, et lâchait un énorme pet bien sonore avant de disparaître. On ne pouvait pas rire, puisque ça tournait. Il fallait jouer en gardant son sérieux, en pouffant intérieurement. Finalement, c'était salutaire.

Marcello ne s'en tenait pas là. Pour essayer de me déstabiliser lorsque nous avions une scène ensemble et que nous marchions côte à côte, il n'hésitait pas à faire comme son vieux copain électro. Et pour être sûr que je ne sois pas tenté de me prendre au sérieux, il me faisait manger des pois chiches tous les jours.

— Mange, Gérard, mange des pois chiches, c'est bon ! C'est l'Italie ! Tou verras demain...

Évidemment, le résultat ne se faisait pas attendre, et nous aurions pu faire un concours. Marcello trouvait qu'ainsi les armes étaient égales, et que j'avais autant de chances de le pousser à la faute que lui de me faire pouffer au milieu de la prise. À nous voir pratiquer ce duel étrange, Michel Piccoli se tordait, et les gars de l'équipe italienne avec lui. Seuls Marcello et moi n'avions pas le droit de nous laisser gagner par l'hilarité. Pour tout arranger Marcello prenait des airs de penseur, ou lançait des regards appuyés à la façon du cinéma muet dès qu'il était hors champ. Il fallait vraiment être très fort pour garder son sérieux.

Je me suis souvenu de la méthode sur un autre tournage, plus tard, en Belgique. L'atmosphère était insupportable et le réalisateur tellement tendu qu'il en devenait odieux. Tout le monde sentait le clash arriver. C'était vraiment pénible de travailler dans ces conditions. Le troisième jour, entre « moteur » et « action », j'ai rendu hommage au vieux complice de Marcello en lâchant un pet magistral. Ça a provoqué un fou rire inextinguible, la tension est tombée d'un coup et l'ambiance a changé du tout au tout pour le reste du film. Merci, maestro !

Les chaussures Timberland jaunes que je porte en permanence depuis ce temps ont une histoire. Elles me viennent de Piccoli et de l'ascension du Gran Sasso — un pic des Abruzzes — que j'ai faite, un jour de repos, avec Ludivine, la femme de Michel. Au dîner de la veille, sachant que nous ne tournions pas le lendemain, elle me proposa l'excursion.

— Viens avec moi, demain je vais marcher avec deux guides de montagne. On va escalader le Gran Sasso.

Je n'avais aucune idée de ce que pouvait être le Gran Sasso et encore moins du degré de difficulté de la balade, mais j'étais toujours partant pour faire de l'exercice.

— Ne t'inquiète pas, c'est une promenade, ce n'est pas de l'alpinisme.

— Oui, si tu veux. Pourquoi pas... Seulement, je n'ai pas de godasses !

— Attends, me dit Michel, regarde, moi j'ai une paire de Timberland, ça devrait faire l'affaire. Tiens, essaye-les !

Je n'avais jamais vu ce genre de chaussures auparavant, mais elles me semblaient en effet bien convenir à la circonstance. Le hasard fait qu'avec Michel nous avons la même pointure et un tour de tête identique. Pour les chaussures et les chapeaux, a priori, nous sommes interchangeables. De fait, j'étais aussi à l'aise dans ses chaussures que si je les avais achetées moi-même.

Nous nous sommes donc retrouvés de bonne heure le matin avec Ludivine et les deux guides italiens, des types solides et tranquilles.

— Je prends de la bouffe, un pull, de l'eau et quelque chose d'énergétique, ai-je annoncé. On ne sait jamais.

— Ce n'est pas la peine, me répondit Ludivine, on ne part pas au pôle Nord !

— Écoute, quand on s'arrêtera, on sera bien contents de casser la croûte et de boire un coup. Crois-moi, ce sera bienvenu.

— Après tout, c'est toi qui portes...

J'ai rempli un sac à dos et on s'est mis en route. On n'en finissait pas de monter. En fait de promenade, ça devenait de plus en plus sportif. Il commençait à y avoir des passages verglacés. On était déjà arrivés assez haut quand, à un moment, les gars se sont arrêtés pour fixer des crampons à glace de deux centimètres sous leurs chaussures. Il y en avait une paire pour Ludivine, mais pas pour moi.

— Je n'ai pas de crampons...

— Alors vous ne pouvez pas venir, ce serait trop risqué.

Il y avait en effet de plus en plus de neige et, avec mes chaussures, il m'arrivait de glisser. Je les ai donc laissés partir. Je me suis bien couvert et j'ai pris un solide en-cas, histoire de passer le temps. J'ai attendu comme ça une heure, puis deux... Et je les ai vus revenir au bout de trois heures. Ludivine était morte de fatigue. Nous étions en fin d'après-midi.

— C'était magnifique, là-haut, mais je suis complètement crevée.

Effectivement, elle était blême. Je l'ai invitée à se restaurer et, de fait, elle a été bien contente de trouver de quoi reprendre des forces. Au bout d'une vingtaine de minutes de repos, nous avons entamé le chemin du retour. Tout à coup, Ludivine s'est sentie en proie au vertige, elle n'arrivait plus à descendre, et ça ne passait pas. Nous avons dû l'aider, la tenir et l'assurer dans tous les endroits un peu délicats. Nous progressions comme des escargots. Il nous a fallu un temps fou pour descendre, si bien que nous sommes arrivés à l'hôtel à 23 heures... Tout le monde était mort d'inquiétude.

— Qu'est-ce qui s'est passé ? Qu'avez-vous fait ?

Ludivine a dû raconter son épopée par le détail, tant et si bien qu'entre nous — Michel Piccoli s'en souvient encore — le récit de l'ascension du Gran Sasso reste un moment épique du tournage.

*
**

Après *Le Général de l'armée morte,* qui m'avait fait vivre l'un des meilleurs chapitres de ma vie de comédien, j'ai continué à tourner quelques films de moindre ambition qui m'ont néanmoins permis d'approfondir et le métier et la technique dont je vérifiais l'importance à chaque expérience. Sur ce point ma religion était faite. Je ne m'en départirais plus. Que ce soit aujourd'hui sur les tournages de *L'Instit* ou de *Va savoir,* qui sont pourtant si différents l'un de l'autre, je me sers toujours de ce que j'ai appris à l'époque de mes débuts.

Parfois, je me faisais l'effet d'un Martien débarquant sur la planète Terre. Plus je voyais évoluer les gens appartenant à l'univers du cinéma, plus je me demandais s'ils n'avaient pas raison, en définitive, de me prendre pour un inadapté congénital. Car enfin, quand dans un groupe vous êtes pratiquement le seul à penser et à vivre différemment, il y a toujours un moment où vous craignez de faire fausse route. Après tout, peut-être fallait-il marcher sur la tête pour être un bon acteur? Peut-être une vie à l'envers était-elle inhérente au statut de comédien? Et si, finalement, j'étais trop équilibré pour exercer ce métier?

J'en étais là de mes cogitations lorsque quelques années plus tard, en 1987, Roman Polanski, sans le savoir, m'a définitivement rasséréné; il m'offrait un rôle dans *Frantic,* un remarquable film policier au suspense angoissant, où je servais de partenaire à Harrison Ford, en compagnie d'Emmanuelle Seigner et de Betty Buckley. Un cardiologue américain venu à Paris assister à un congrès médical se trouve embarqué malgré lui dans une sombre histoire d'espionnage...

J'avais une quinzaine de jours de tournage avec ce grand acteur américain qu'est Harrison Ford. Et là, comme avec Michel Piccoli ou Marcello Mastroianni, j'ai découvert un professionnel consciencieux, en forme physique, clean, surveillant sa nourriture et ce qu'il buvait, travaillant minutieusement chaque séquence, qui ne jouait pas à la star et qui obéissait au metteur en scène. Il écoutait vraiment, il assimilait, il disait « O.K. ! Je vais faire comme ça » et il faisait ce qu'il disait à la seconde où il le disait.

Je pensais être le seul à ne jamais me séparer de mon scénario, mais quand j'ai vu le grand Harrison chercher une cachette dans le décor pour y déposer discrètement son exemplaire ouvert à la page de la scène à tourner, ça m'a retiré mes complexes. Nous nous sommes regardés aussitôt en souriant. Grâce à lui je me suis immédiatement senti plus à l'aise.

Il nous est arrivé deux ou trois fois de filer en douce et en courant des studios de Boulogne pour aller déjeuner tous les deux dans un coin tranquille. Les gros gardes du corps chargés de sa protection suivaient comme ils pouvaient, une main sur leur calibre.

— Gérard, Gérard... Putain, courez moins vite, les mecs, on suit pas !

— C'est pas moi qui cours, c'est mon collègue ! Je n'y peux rien, les gars, il faut vous entraîner !

Il est vrai que nous étions tous deux au top de la forme. On se retrouvait en tête à tête devant un repas léger, à parler de tout et de rien, de nos vies, de nos femmes, de la pêche à la mouche, de nos envies de nature... Il évoquait les États-Unis, sa ferme, ses projets. C'était simple, décontracté, humain.

Harrison Ford trimbalait partout des gardes du corps parce qu'à partir d'un certain nombre de millions de dollars, la production américaine a des exigences contractuelles. De plus, on tournait en studio fermé, sous haute surveillance. C'était un peu déroutant. Surtout, je suppose, pour le réalisateur. Roman Polanski est remarquable dans sa direction d'acteurs, et sa mise en scène est si élaborée que chacun de ses films est une œuvre. Chaque plan représente beaucoup plus que des images. Cela demande quand même une certaine concentration, loin des regards indiscrets.

Le travail avec Harrison était, là encore, simple et précis. Il me guidait comme Romy Schneider avait su le faire, pratiquement sans rien dire. Le soir venu il rentrait à l'hôtel, se commandait une soupe et allait se coucher à l'heure où les autres attaquent l'apéritif. J'ai trouvé cette attitude très réconfortante. Je me suis dit que j'avais raison de vouloir faire ce métier comme je l'entendais, puisque lui y parvenait bien, sans s'occuper d'autrui et des effets de mode. Son exemple m'a conforté dans mes convictions.

Il est vrai qu'il est assez tentant de mener une vie de patachon, quelque chose comme des vacances permanentes. Mais je préfère désormais vivre sainement et jouer la partie de manière studieuse. Depuis Françoise, je vois la vie à l'endroit.

VII

LA ROUTE DU DÉSERT ET DE LA TÉLÉVISION

Après *Frantic,* j'avais dû décliner plusieurs propositions parce que je n'adhérais pas au personnage ou par crainte de prendre l'avion, comme, par exemple, pour *Paris-Texas,* de Wim Wenders, où je devais jouer le rôle du Français... C'était vraiment regrettable mais, à cette époque-là, je ne parvenais pas à surmonter l'appréhension terrible à laquelle j'étais sujet depuis le vol de retour du Chili, quelques années plus tôt. J'avais associé la crise d'angoisse qui m'avait tant marqué au transport aérien, et je paniquais à l'idée que cela puisse se reproduire.

Cette phobie a duré pas loin de dix ans. Elle a incidemment disparu en 1995, lors de la préparation d'un épisode de *Va savoir.* À cause de cette appréhension, j'ai non seulement laissé passer des opportunités, mais au lieu de me simplifier la vie j'ai accumulé des dizaines de milliers de kilomètres en voiture pour rien. C'est ainsi que, au début de mon émission diffusée sur la Cinquième, pour aller à Pau, dans le Sud-Ouest, je faisais les allers et retours par la route. Huit cents kilomètres dans un sens et autant dans l'autre... L'équipe, elle, arrivait et repartait en avion. Je les voyais plier bagage et filer vers l'aéroport tandis que je reprenais le volant pour rentrer seul dans la nuit.

Un jour que nous allions je ne sais plus où dans le midi de la France, j'en avais tellement assez de manger des kilomètres que j'ai demandé à Laurent Mennec, l'un de mes collaborateurs, de me réserver un billet. L'équipe est partie de son côté et moi, le lendemain, je suis monté dans l'appareil sans penser à rien, si ce n'est à la route que, pour la première fois, je n'allais pas tracer. Je me suis laissé envahir par un doux sentiment de contentement. Fatigué, je me suis endormi juste après le décollage et je me suis réveillé, détendu, pendant l'atterrissage à Orly. Je me suis dit que j'avais vraiment été stupide durant toutes ces années. Depuis ce jour, j'ai repris plaisir à voyager en avion, et loin de m'y angoisser, je m'y repose.

Le cinéma semblait s'éloigner mais, dans le même temps, j'étais approché par T.F.1 pour une série d'une quinzaine d'épisodes intitulée *Bonjour maître,* réalisée par Denys de La Patellière. On me proposait le rôle d'un jeune avocat défendant avec cœur la cause de la veuve et de l'orphelin, un honnête homme confronté à des gens sans scrupules. J'aimais ce côté « intègre » du personnage. D'ailleurs, comme Bourvil, je me suis toujours refusé à interpréter des méchants (sauf une fois, dans *Train d'enfer,* de et avec Roger Hanin... Roger je t'aime !). J'ai conservé de très bons souvenirs des tournages, en particulier avec Aurore Clément, une jeune femme vraiment drôle et décontractée, que l'on a retrouvée il y a peu au côté d'Isabelle Adjani dans *La Dame aux camélias,* sur la scène du théâtre Marigny-Robert Hossein.

Denys « de la Patte arrière », comme l'appellent volontiers ses équipes, connaissait bien son affaire. Il tournait vite, et si la série a été volontairement limitée, ce fut pour ne pas courir le risque de tourner en rond et de lasser le public en ressassant les mêmes situations, avec des personnages plus ou moins différents. Le succès a été immédiat. L'audience était bonne et la série suscitait d'excellentes critiques.

À la télévision, quand un sujet réalise un beau score, on cherche tout de suite à récidiver. On m'avait trouvé bon — les indices d'écoute et de satisfaction l'attestaient —, donc presque aussitôt derrière T.F.1 m'a proposé d'enchaîner avec une autre série, un feuilleton de vacances programmé en juillet et août, qui s'est d'abord appelé *Le Vent des moissons* avant d'être pérennisé sous le titre générique d'*Orages d'été.*

J'ai aimé travailler avec Jean Sagols, le réalisateur. Sous sa direction j'ai découvert une forme de télévision que je ne connaissais pas, avec des tournages rapides à l'occasion desquels j'ai pris conscience que l'ambiance qui règne dans l'équipe est responsable à 70 % de la qualité des images. Ce n'est pas la même chose que sur un plateau de cinéma où tout le monde a le temps d'avoir des états d'âme, à moins de tomber sur des grands comme Romy Schneider, Mastroianni, Piccoli, Miou-Miou ou Sandrine Bonnaire, par exemple, avec qui tout se fait très facilement et dans la bonne humeur. Beaucoup de comédiens se prennent pour de grandes vedettes. Ils compliquent tout. Ce n'est pas possible à la télévision. Chacun est à sa place. Les méthodes de travail sont les mêmes qu'au cinéma, à cette différence près qu'il faut aller beaucoup plus vite. Cela implique aussi que les techniciens doivent être non seulement bons, mais rapides. Il s'ensuit une atmosphère sympathique, faite de coopération à tous les niveaux, et de compréhension. Il ne s'agit pas d'opposer le grand écran et la télévision, mais qu'on ne s'y trompe pas, le petit écran n'est pas un genre mineur du cinéma.

Orages d'été racontait les aventures d'une famille, dans la grande tradition télévisuelle des sagas, avec sept ou huit personnages et beaucoup de rebondissements pour maintenir l'intérêt, comme dans un roman-fleuve. Dans cette série, où l'on retrouvait Annie Girardot et Marc Duret, j'étais marié avec Élisa Servier et je m'occupais de chevaux dans un petit centre équestre; à partir de là, il nous arrivait des aventures à n'en plus finir qui ont rempli une trentaine d'épisodes. C'était très agréable à faire, et tout se passait simplement, facilement, avec le réalisateur. Jean Sagols est un homme du Sud, originaire de Banyuls, un excellent leader avec un tempérament, de la faconde et des idées tout le temps. Une personnalité d'autant plus attachante qu'il aime les gens et que ça se sent. Résultat, nous étions tous contents de venir travailler. Cette ambiance chaleureuse transparaît à l'écran, et Jean est devenu mon ami.

Et comme les prises de vues avaient lieu autour de Houdan, chaque soir j'étais de retour chez moi en vingt minutes. Un rêve !

Je me suis donc mis à faire de la télévision avec beaucoup de plaisir. La notoriété qu'on peut y acquérir ne repose pas sur les mêmes bases que celle que l'on tire du cinéma. On entre dans les maisons, dans le salon, dans la chambre, dans l'intimité des gens. Ils vous regardent s'ils ont envie de vous regarder, sinon, même si le poste est allumé, ils peuvent vous négliger.

Ce dernier point m'amène à penser que le plus important, à la télévision, c'est le son. On a coutume de dire que l'image cannibalise les mots — ce qui est vrai, pour une large part, en ce qui concerne les informations, mais pas pour les séries ou d'autres émissions se déroulant sur un plateau. Le son est prioritaire. C'est par le son que l'attention du spectateur est éveillée, qu'il est incité à venir voir ce qui se passe, car on ne reste pas forcément assis sans bouger devant son poste sous prétexte qu'il est allumé.

Le téléspectateur vous connaît, ou a l'impression de vous connaître. Quand il vous apprécie, vous faites presque partie de la famille, ce qui n'est pas et ne sera jamais le cas avec le cinéma. Par ailleurs — et c'est tout à fait original —, lorsque les gens vous rencontrent dans la rue, ils sont impressionnés, même s'ils ne comprennent pas pourquoi, parce que vous paraissez plus grand que sur le petit écran. « Ah, vous êtes mieux qu'à la télé », entend-on très souvent.

La télévision ne produit pas de stars, au sens cinématographique du terme. Ses « vedettes » sont humainement plus équilibrées ; elles ne se promènent pas sur le fil du rasoir comme beaucoup de très grands acteurs aux vies bouleversées, aux familles saccagées, et parfois conduits à de cruelles extrémités.

Orages d'été a connu un très bon succès, mais la série, vouée aux programmations des vacances, n'était pas destinée à se poursuivre. À la fin de l'aventure, nous nous sommes donc séparés sans qu'il y eût d'autres projets en perspective.

Une bonne année s'est ainsi écoulée sans qu'on me fasse d'autre proposition. Il n'y avait apparemment pas d'emploi pour moi. Du côté du cinéma ma situation s'était encore aggravée, puisque j'avais fait de la télévision et que les genres sont séparés, en tout cas l'étaient à l'époque. C'était le cinéma *ou* la télévision, il fallait choisir. Aujourd'hui la passerelle existe, mais elle fonctionne encore de manière aléatoire, au coup par coup, et ce qui est valable pour l'un ne l'est pas pour l'autre. De fait, on mélange rarement le petit et le grand écran. Quant à la radio, il n'en était plus question. C'était définitif, du moins en tant qu'animateur.

⁂

Le hasard a pourtant voulu que je retrouve un micro dans des circonstances très particulières. On m'a appelé pour me demander de faire de la publicité à la radio. Ça tombait bien, j'avais sérieusement besoin de travailler, je connaissais et la radio et la publicité sur les ondes, qui est quelque chose de particulier.

Michel Pattou travaillait pour le groupe de distribution Intermarché, et il venait d'avoir une idée aussi simple que géniale qui consistait à faire raconter, en direct à la radio, l'histoire ou l'aventure du produit que le consommateur s'apprêtait à acheter. Il s'agissait d'une adaptation radiophonique astucieuse des publi-reportages : au lieu de décliner une campagne publicitaire à l'antenne avec des flashs répétitifs, Intermarché achetait des espaces pour diffuser des reportages sur ses produits.

Il n'était pas question de lire en studio un texte préparé à l'avance. La crédibilité passait par la vérité. Il fallait vivre une aventure et la raconter en direct. Voilà comment je me suis retrouvé en plein hiver au milieu de l'embouchure du Saint-Laurent sur un bateau de pêche québécois, par moins quarante, à parler aux auditeurs français.

— Salut c'est Klein ! On ne peut pas dire qu'il fasse chaud ! Moins quarante, c'est quelque chose, je vous assure... Alors voilà, je suis avec Pierre Lacabrette, pêcheur de son état, et on est en train de relever les casiers de homards qui vont bientôt arriver chez vous. Il y en a des tonnes ! Je n'ai jamais vu autant de homards de ma vie...

Le ton était donné. Nous étions sur l'événement au moment où il se produisait. Il est certain que l'acheteur n'était pas habitué à ce langage ni à ce type d'approche, et qu'il écoutait. L'impact de ces spots, que nous appelions des « dramatisations », était excellent. Je vois encore à l'aéroport de Montréal les deux gros avions remplis jusqu'à la gueule de caisses de homards vivants. Il y en avait cent soixante tonnes au total. J'étais sur la piste, avec mon micro, dans les odeurs de kérosène et le bruit des réacteurs des appareils qui commençaient à rouler. Ça faisait un boucan d'enfer, j'étais obligé de hurler :

— Je suis devant les avions, ils vont décoller d'une minute à l'autre ! Dans moins de vingt-quatre heures, ces homards seront dans votre cuisine.

Je ne me forçais pas à feindre l'enthousiasme, *j'étais* enthousiaste. Je découvrais en même temps que les auditeurs l'incroyable machine de la grande distribution, et le culot de ces patrons capables d'organiser des opérations d'une telle envergure. Acheter cent soixante tonnes de homards frais, louer deux avions pour les acheminer en France, et être capable de mettre en place la logistique nécessaire pour qu'en moins de quarante-huit heures le homard qui jouait des pinces sur le bateau de Pierre Lacabrette arrive dans la cuisine de la ménagère, c'est un truc de fou.

Une affaire comme celle-là représente un budget équivalant à celui d'un film. C'est une opération colossale. Les décideurs d'Intermarché gèrent ainsi, chaque jour, d'énormes masses d'argent en prenant de gros risques financiers sans que la presse s'en fasse l'écho, et sans qu'eux-mêmes en fassent état. Cela fait partie de leur métier. Et une action spéciale comme celle des homards participe à la dynamique de la firme. Même les responsables qui ont monté ce coup-là n'en parlent pas : ils n'ont pas la grosse tête.

On connaît la marque, on connaît l'emblème des « Mousquetaires de la distribution », leur jingle, leur rapidité d'approvisionnement. Mais leur grande originalité tient aux hommes, à la politique d'achat, à la logistique et à une dynamique propre qui se manifeste épisodiquement par des opérations comme celle des homards, à la fois explicative et rassurante pour le consommateur, un parfum d'aventure en plus.

Ces « Mousquetaires » m'ont impressionné. Ils travaillent vite, maîtrisent leurs outils, disposent d'une gigantesque puissance de frappe et font preuve d'une ouverture d'esprit que j'ai rarement rencontrée. Leur surnom peut sembler un peu démodé, mais il recouvre une réalité, celle d'un véritable groupement régi par sa propre philosophie. La logistique y tient une place particulière, et une part importante du bénéfice dégagé est consacrée à son autofinancement sur un modèle coopératif.

Petit à petit, ils ont tissé un incroyable réseau qui fonctionne avec une très grande cohésion. C'est un ensemble où tout le monde a sa place. Quand ils se réunissent chacun dispose d'une voix, du plus grand au plus petit. Dans l'organisation d'Intermarché, tout repose en effet sur le travail d'équipe. Ils ont su maintenir cet esprit à l'échelle du réseau tout entier, c'est-à-dire à celle du pays. Un joli tour de force.

Leur mode de fonctionnement est astucieux : comme ils possèdent un grand nombre de points de vente, ils achètent la marchandise en quantités phénoménales, sans pour autant avoir besoin de la stocker : sitôt achetée elle est livrée, vendue. C'est une conception toute simple, mais pleine de bon sens, qui demande une organisation très bien huilée. Les Mousquetaires ont été parmi les premiers à savoir le faire, et ils le font très bien. La grande distribution, qui est souvent critiquée, n'est pas porteuse de tous les défauts. Le développement des villes a nécessité la mise en place d'un commerce à son échelle, entièrement repensé, capable d'apporter des réponses que les magasins de proximité ne pouvaient pas fournir.

Ce n'est pas si simple de fabriquer et de vendre les yaourts par milliards à un prix acceptable ! Les Mousquetaires et les autres grandes enseignes n'ont d'ailleurs pas fait que répondre à une demande de plus en plus forte, ils ont popularisé des produits jusqu'alors réservés à une élite : le saumon fumé, le foie gras, le homard, qu'ils ont négociés au prix le plus juste pour pouvoir en faire profiter ceux qui n'y avaient jamais accès. C'est quand même une belle idée. Et les choses n'en sont pas restées là. La grande distribution, qui a d'abord appris à gérer le quantitatif, s'attaque aujourd'hui au qualitatif. Les producteurs ont compris toute l'importance de cette démarche, parfois à leurs dépens. Le nouveau défi consiste à présent à introduire dans le circuit les meilleurs produits, comme le biologique, mais pas seulement lui.

Petit à petit, au fil du temps, j'ai fini par intégrer le groupement. Ou plutôt, c'est lui qui m'a intégré. De toutes mes activités professionnelles, c'est la seule dans laquelle j'ai été considéré pour ce que j'étais, comme un partenaire à part entière. Je pense que c'est parce qu'on se ressemble. Ils travaillent énormément (comme moi !) et ce qui les fait avancer c'est d'inventer, de trouver des solutions, d'avoir du culot... Le chiffre d'affaires n'est pas une obsession et une fin en soi. L'argent est un moyen dont ils disposent pour faire tourner leur machine. Ils se réunissent, sans protocole, pour examiner un problème ; ils réfléchissent — toujours à plusieurs, et souvent à voix haute — et ils décident en temps réel. Pas besoin de monter un dossier qui passera d'une commission à l'autre pour être examiné, discuté, corrigé, évalué. Chez les Mousquetaires, ça va vite, c'est efficace. Et quand ils disent oui, c'est oui. Ça me rappelle Europe et le temps où Maurice Siégel dirigeait la maison.

*
**

Publicité mise à part, il y avait maintenant un peu plus d'un an que je m'enfonçais dans le désert. Le silence régnait sur toute la ligne. Pas de travail, pas d'argent, certes, mais ce n'était pas grave. Françoise et moi savons vivre de rien et puis l'argent ne nous intéresse pas en tant que tel, ni l'un ni l'autre. C'est un outil, un moyen pour entreprendre, bâtir, réaliser, aller de l'avant, pas plus. Ce qui est grave, c'est ce qui atteint les gens que l'on aime, ce qui blesse l'âme. Le reste est anecdotique. De toute manière voilà bien des années que je suis riche de ma femme, de mes filles, et que par elles je continue d'éprouver l'enthousiasme de l'enfance, cette pulsion de vie qui fait que l'existence me paraît toujours belle.

Cela dit, comme les ressources s'épuisaient sérieusement, nous sommes descendus à Blesle pour y passer l'été. La vie y est plus facile, la région magnifique, et j'avais encore de quoi m'occuper pendant des mois à améliorer notre maison de la place de la mairie...

Je me souviens toujours de notre première rencontre avec ce très beau village, et comment ce fameux hasard qui m'a toujours guidé nous avait conduits quelques années plus tôt jusqu'à ces murailles derrière lesquelles nous nous sommes installés un jour.

Il y avait déjà un certain temps que je désirais acheter quelque chose, initialement dans le sud de la France. Je n'avais aucune idée précise, sinon celle d'élever des vaches, mais il y a des désirs qui vous quittent de temps en temps. On se dit « tant pis, ce sera pour une autre vie ». Et puis en nous promenant en pleine campagne du côté de Pontdaurat, à une vingtaine de kilomètres de Marmande, nous avons été séduits par une maison en ruine. Il y en a que ça rebute, nous ça nous attire. Nous avons eu aussitôt envie de l'acquérir. Elle valait quelque chose comme cent cinquante mille francs, mais quand le propriétaire m'a vu, il m'a dévisagé comme un maquignon à la foire aux bestiaux et m'a déclaré tout de go :

— C'est pour vous ? Alors c'est quatre cent mille !

Il n'y avait pas de doute, ma notoriété supposée était parvenue jusqu'à lui. Ou bien il avait écouté la radio quelques années auparavant, ou bien il m'avait vu au cinéma, mais il me prenait à la fois pour un millionnaire et pour un imbécile.

— Bien ! Dans ces conditions, lui dis-je, vous pouvez garder votre maison. Je m'en vais !

Et nous sommes partis sans nous retourner. Dépités, nous avons pris la route de l'Auvergne, le pays de ma femme, où nous nous rendons depuis des années chaque été. Le chemin était long, nous sommes arrivés crevés dans un petit bled du Puy-de-Dôme, Madriat, d'où le père de Françoise est originaire, à une vingtaine de kilomètres d'Issoire. Nous nous sommes mis en quête d'une chambre d'hôte que nous avons fini par trouver chez une dame âgée. Ce ne devait pas être mon jour, car le lendemain matin elle m'a présenté une addition digne d'un Hilton. À croire qu'elle s'était donné le mot avec le propriétaire des ruines du Bordelais. Pour en finir, nous avons décidé d'aller voir l'ami Chassagne à quelques kilomètres de là, à Blesle, son village natal, où il séjournait.

Nous sommes tout de suite tombés sous le charme de ce bourg médiéval aux rues étroites et tortueuses, créé autour d'une abbaye de bénédictines « placée sous le vocable de saint Pierre et la protection du pape », en 880. Le cœur de la vieille ville, avec ses belles maisons de pierre grise serrées autour de la place du Couvent, remonte au XIVe siècle. Il y a six cents ans, ces bâtisses aux murs épais abritaient des religieuses non cloîtrées qui vivaient en communauté. Il existe beaucoup d'endroits comme ça en Auvergne : pour ne pas dilapider le patrimoine familial en dots, les riches propriétaires construisaient pour leurs filles ces couvents « ouverts » où elles menaient une vie religieuse assez libre.

Blesle, qui a eu à souffrir des « routiers » (les voleurs de grands chemins) et de l'invasion anglaise, s'est fortifiée au XIe siècle. Au XIIIe siècle, elle faisait partie des treize bonnes villes d'Auvergne. Son architecture à pans de bois, dont il subsiste une quarantaine d'immeubles, est remarquable. Jusqu'au XVIIe siècle, la réputation et la population de Blesle n'ont cessé de s'accroître, tant et si bien que Colbert y implanta une manufacture de bas. La Révolution amorça une récession qui alla en s'accélérant avec l'exode rural du XIXe siècle. Au recensement de 1990, la commune ne comptait plus que sept cent dix habitants...

L'histoire a fait ses comptes et remisé dans les manuels, à l'usage des érudits et des passionnés, les exploits des puissants barons de Mercœur, comme l'assemblée générale des États provinciaux d'Auvergne présidée, à Blesle, par Charles Ier, duc de Bourbon. Aujourd'hui, les Amis du vieux Blesle, et en particulier les remarquables travaux de Josanne Pothier, gardent la mémoire de ce passé prestigieux dont on retrouve les traces au détour de chaque ruelle.

Le charme qui se dégage de ce village est si prenant que sur-le-champ j'ai dit à Alain : « Je vais m'acheter une maison ici. » Je lui ai raconté la mésaventure de Bordeaux et la nuit passée à Madriat. Histoire de donner un but à l'après-midi nous sommes allés avec Alain, Françoise et les filles, faire un tour à Massiac, une petite ville voisine. Dans une boutique où j'étais entré pour m'offrir des espadrilles, la commerçante, qui m'avait entendu évoquer nos recherches, me dit :

— Des maisons à vendre, vous savez, si vous en cherchez vraiment, il y en a plein par ici.

— J'en suis convaincu, tout le monde répète « il y en a », mais quand on pose la question de savoir où, quel est le nom du propriétaire ou son numéro de téléphone, plus personne ne sait rien...

— C'est vrai, approuva la jeune fille, mais moi je

connais une maison à vendre à Blesle. C'est mon beau-frère qui la possède ! Voici son numéro de téléphone, si ça vous intéresse...

De retour à Blesle, chez Chassagne, j'appelle aussitôt le gars en question.

— Il paraît que vous avez une maison à vendre ?

— Oui, c'est exact.

— Eh bien, si vous voulez, on se retrouve cet après-midi, à 2 heures, sur la place de la mairie. Ça vous va ?

À 14 heures précises, il arrive. Le « hasard », encore lui, fait qu'il reconnaît aussitôt Alain Chassagne avec qui il est allé à l'école... On discute et il me montre une maison sur la place du Vallat, dont il demande cent quarante mille francs. C'est dans nos moyens, mais la maison se révèle trop petite.

— Tant pis ! fait le proprio. J'en aurais bien une autre, mais...

— Où est-elle ?

— C'est ma femme qui m'a dit de vous la montrer quand même. Elle est située sur la place de la mairie.

Nous revenons sur nos pas et il me fait visiter une autre bicoque, pleine de papiers et de tout un foutoir remontant à des dizaines d'années. Une bâtisse en mauvais état mais intéressante, avec une belle cheminée en pierre comme on en voit beaucoup dans la région. Je repère deux-trois choses d'époque, qui ont de la gueule et du charme. Pour le reste tout est pourri... Il faut tout casser, tout virer, mais c'est tentant. Pendant que je réfléchis, j'entends Alain et Françoise — ils sont auvergnats tous les deux —

répéter devant le propriétaire en parlant de la maison : « Elle est en piteux état, tout de même... »

— Attendez ! lancé-je, il va déjà nous dire combien il en veut, le monsieur !

— Ah, eh bien là, pour sûr, ce n'est pas le même prix...

Sur le coup, j'ai un moment d'inquiétude. Je pense : « Mince, c'est plus cher ! Peut-être dans les deux cent mille francs. Enfin, on va voir. » Finalement, le bonhomme se tourne vers moi et me dit :

— Cinq de moins, ça va ?

Il ne m'a pas fallu beaucoup de temps pour saisir que la proposition allait dans le bon sens pour nos finances et faire la soustraction : quatorze moins cinq égale neuf.

— Ouais, comme ça, ça va !

— Quatre-vingt-dix mille francs, c'était un bon prix. Alain et Françoise continuaient à dire devant le vendeur : « Oui, mais quand même, c'est abîmé... » Je les regardais en secouant la tête.

— Eh les gars ! Vous pensez ce que vous voulez. Évidemment, il y a plein de travaux à faire, mais la maison est grande, elle a du charme, ce sera parfait pour nous.

Cette fois, j'ai repris la visite de fond en comble, mais avec l'œil du propriétaire. L'arrière donnait sur une petite courette obstruée par vingt-cinq à trente mètres cubes de terre qui lui donnaient l'aspect d'une décharge abandonnée. Il était presque impossible d'ouvrir la porte, c'est à peine si l'on parvenait à passer la tête pour se rendre compte. Il y avait là au moins deux siècles de laisser-aller. Il fallait tout déménager, tout balancer, tout refaire, un programme qui m'allait très bien puisque à cette époque-là je ne faisais rien.

Très vite, nous avons signé une promesse de vente. Avec Françoise et les filles, cette maison nous plaisait vraiment. Je n'avais qu'une hâte : commencer les travaux. Nous sommes remontés quelques jours plus tard dans la région parisienne, mais je suis revenu aussitôt pour passer un mois et demi à travailler d'arrache-pied, retaper les planchers, débarrasser la cour et la maison du fatras qui les encombrait. J'ai enlevé tout ce qui était pourri, en essayant de respecter ces vieilles pierres et de conserver leur âme.

L'Auvergne a ceci de particulier qu'on y trouve bon nombre de ruines. Beaucoup de maisons anciennes ont disparu sous les ronces, non pas faute d'acquéreurs, mais parce que les propriétaires refusent de les vendre. Le plus souvent, ils ne parviennent pas à se mettre d'accord entre héritiers. Ils préfèrent voir disparaître leurs biens plutôt que d'oublier les rancœurs et les haines tenaces. Le résultat est pitoyable : un patrimoine somptueux, construit avec intelligence et savoir-faire il y a des siècles, transformé en tas de pierres dans lesquels on pioche pour remblayer les fossés...

Il y a dans cette partie de la France que j'aime vraiment de tout mon cœur un fond de suspicion qui s'attache à tout. Ainsi, pour mener à bien les travaux, j'avais racheté à un gars de Massiac une camionnette 404 à benne basculante plus toute jeune. Évidemment, il fallait être vigilant, surveiller la pompe à eau et nettoyer régulièrement le radiateur, mais malgré son âge elle marchait encore très bien. Cependant tout le monde, sur place, m'a dit de me méfier : « T'as acheté ça? Ah, oui, mais tu sais, moi, je le connais, le gars... Ça fait quinze ans que je le vois passer avec cette bagnole. Alors... »

Alors quoi? Je savais bien qu'elle n'était pas neuve, sa guimbarde, autrement je ne l'aurais pas payée si bon marché, mais elle était saine, elle me convenait parfaitement et je n'avais pas les moyens d'en acheter une plus pimpante.

À observer les comportements, j'ai parfois l'impression que, dans les campagnes, on se met un sac sur le dos pour s'empêcher de marcher. Au lieu de se dire « je vais à tel endroit, c'est tout droit, il fait beau, je suis content d'y aller! », il faut qu'on se plaigne : « Il faut que j'aille là-bas. Pfffuu! Je me demande si ça vaut le coup de m'y rendre, et ce que je vais trouver sur la route! » C'est fini, il n'y a plus d'élan, plus de motivation, plus d'énergie. Dans ces conditions, ce n'est même pas la peine de se lancer.

À force de surprotéger les gens, on finit par les faire douter d'eux-mêmes; on les prive de toute initiative, on leur enlève l'envie de faire, d'entreprendre, on est en train de les mettre dans des réserves comme on a fait avec les Indiens. À la longue les hommes se fragilisent, ils n'osent plus, ils perdent confiance en eux-mêmes et en leur pouvoir créateur.

Quant à ma vieille camionnette, non seulement elle ne m'a pas lâché mais elle a encore fait les beaux jours d'un de mes amis qui l'a lui-même revendue à un gars aujourd'hui satisfait de ses services. Comme quoi...

VIII

DE *L'INSTIT* À *VA SAVOIR*

Au printemps 1993, pour essayer de sortir de la mauvaise passe financière où une année d'inactivité nous avait progressivement plongés, nous avons dû nous résigner, avec Françoise, à mettre en vente notre ferme de Houdan. Cela nous faisait mal au cœur, mais nous ne voyions pas d'autre solution pour faire face à une pénurie dont nous ignorions combien de temps elle pouvait encore durer.

Nous avions mis plusieurs agences sur le coup. Des gens très chic venaient visiter, attirés par la superficie des bâtiments et du terrain attenant, mais l'endroit ne répondait pas à leurs critères. Ce n'était pas une question de prix, au contraire, mais il s'agissait d'une maison rustique, à la fois vaste et modeste, conçue pour abriter la famille et des copains ; cela ne ressemblait pas à une « résidence secondaire » au sens où l'entendent les Parisiens, digne de recevoir leurs relations. Il n'y avait à cette époque pas d'entrée, on arrivait directement dans la cuisine, et tout était à l'avenant.

Nous aimions cette ferme, elle nous le rendait bien, et elle refusait de se laisser acheter. Les anges devaient s'occuper personnellement du problème, car de toute évidence il ne fallait pas qu'elle se vende.

Nous étions donc toujours dans l'attente d'un acheteur, par ce beau mois de juillet que je passais à bricoler la maison de Blesle, quand je reçus un coup de fil de Pierre Grimblat, producteur à la télévision.

— Écoute, je t'envoie un scénario ce soir, en urgence. Lis-le et téléphone-moi pour me dire ce que tu en penses. Ça te va?

— Compte sur moi!

J'ai pris livraison du texte au courrier du lendemain matin, je l'ai lu et j'ai rappelé Pierre le soir même.

— C'est d'accord. Je le fais. Je trouve ce type bien. En tout cas, il me va!

Il s'agissait du scénario de *L'Instit,* le premier épisode, écrit par Didier Cohen et François Luciani. Quand j'ai refermé le script, j'ai déclaré à Françoise : « Ça, bien mené, c'est une rente! » Je m'en souviens parfaitement. J'étais assis devant la maison, place de la mairie... En plus, il y avait dans l'histoire de ce personnage des choses qui m'amusaient, parce que mon voisin de gauche, place de la mairie, était instituteur remplaçant, et la dame qui possédait la maison juste après, à ma droite, se trouvait être juge d'instruction. Or Victor Novak, comme les habitués de la série le savent, est un ancien juge pour enfants devenu instituteur pour traiter en amont le problème de la jeunesse délinquante. Il estime en effet qu'une bonne éducation scolaire peut donner aux jeunes toutes leurs chances dans la vie et leur éviter ainsi de se retrouver en difficulté à l'adolescence.

J'ai rappelé Grimblat et je lui ai signifié mon accord.

— Pourrais-tu venir à Paris après-demain, me demanda-t-il, pour voir les costumes et les différents détails ?

— Pas de problème !

Côté costumes, j'avais déjà ma petite idée sur la question. Comme les enfants arborent souvent des chemises ou des tee-shirts de toutes les couleurs, par effet de contraste je pensais qu'il était préférable que l'instit porte des jeans noirs. Et avec Françoise nous avons eu l'idée de la chemise en lin bleu parce que, dans l'Antiquité, les hommes chargés d'enseigner leur savoir portaient une toge de cette teinte. Le symbole m'avait plu. On avait ajouté à la panoplie une grosse veste confortable, ni branchée, ni ringarde, et pour achever le tout mes Timberland jaunes dont je ne me séparais plus depuis la fameuse ascension du Gran Sasso... La grosse moto — pas une japonaise, une BMW — était le principal accessoire. Victor Novak était né !

J'ai souhaité dès le départ que son look soit immuable, qu'on puisse le reconnaître au premier coup d'œil dix ou quinze ans après.

Les vacances étaient terminées. Le tournage commençait à la mi-août, soit moins de trois semaines après le coup de fil de Pierre Grimblat. Comme il s'entendait bien avec Hervé Bourges, le président de France Télévision, cela avait dû faciliter les choses.

La petite histoire — je ne l'ai pas vérifiée — dit qu'au début de cet été-là, lors d'un repas familial, François Mitterrand se serait étonné auprès de son beau-frère Roger Hanin que la télévision française n'eût jamais songé à mettre en scène un instituteur. Roger Hanin aurait transmis l'information à son ami Pierre Grimblat, qui se serait empressé de faire écrire un scénario et de le proposer à Hervé Bourges. On dit que celui-ci avait sur son bureau le projet déjà bien avancé d'une série qui se serait appelée *Le Professeur,* et que *L'Instit* aurait eu sa préférence. On m'a rapporté cela par la suite, mais sur le moment je n'ai rien entendu de semblable. Il est vrai que je suis peu attentif aux bruits de couloirs, qu'ils se vérifient ou non.

En attendant, j'étais heureux de tourner à nouveau. Avec François Luciani, le réalisateur, le courant est tout de suite passé. À nous deux, nous avons fini de camper le personnage, et, depuis, il n'a pas bougé d'un cil : un mec sympa... dont la femme est partie, emmenant sa fille, sans que l'on sache vraiment pourquoi. Ce type a tant de qualités et si peu de défauts qu'on se demande ce qu'elle pouvait avoir à lui reprocher ! Sur ce point, nous n'en avons d'ailleurs pas appris beaucoup plus à ce jour. Il aura fallu attendre huit ans plus tard l'épisode de Madagascar — *Carnet de voyage,* le trente-quatrième diffusé — pour voir Novak évoquer quelque peu son passé... Il faut avouer qu'il est plutôt réservé sur le sujet !

Le premier épisode a pris pour cadre un village du nom de Saou, dans la Drôme, sur la route du Pertuis, près de Crest, au nord-est de Montélimar. Avec les gens du pays, l'osmose s'est faite aussitôt. En fin de journée, nous visionnions les rushs de la veille. En règle générale je n'aime pas me voir à l'écran, mais là l'ambiance était si bon enfant, les gens du coin se montraient si gentils et tellement impliqués dans cette affaire que nous regardions les rushs tous ensemble ! Dans des conditions de tournage « normales », c'est inimaginable. Seul le réalisateur, l'équipe technique et les comédiens que cela intéresse revoient les prises, presque à huis clos. Là, nous disposions d'une salle communale, grande comme un préau d'école, où, vers le soir, les habitants avaient pris l'habitude de venir découvrir ce que leur village et ses environs donnaient à l'écran, le visage des commerçants ou des passants, les enfants... Alors, de temps en temps, j'achetais des olives et des amuse-gueules, et tout un chacun buvait des coups en se poussant du coude : « T'as vu ? Là, c'est bien ! Et puis, regarde... la mère machin... Oui, c'est elle ! Elle va être contente... »

Je n'ai jamais retrouvé une ambiance aussi conviviale, quasi familiale, sur un autre tournage. En plus le film, d'une durée de quatre-vingt-dix minutes, a été terminé dans les délais, et le montage s'est effectué rapidement. Nous étions tous heureux du résultat, Luciani avait fait un travail remarquable.

Après, tout est allé très vite. La programmation s'est faite, dans le cadre de ce que France 2 avait appelé les « mercredis de la vie », le mercredi 27 octobre 1993. L'engouement a été immédiat, avec 49,1 % de parts de marché toutes chaînes confondues, c'est-à-dire que près de la moitié des gens regardant la télévision ce soir-là avait suivi *L'Instit.*

Le président Hervé Bourges lui-même m'a appelé le lendemain matin à 8 h 45, à Houdan, pour me claironner la bonne nouvelle.

— Gérard, c'est super ! Nous avons fait 49,1... C'est un vrai succès ! Votre personnage est parfait. Avec *L'Instit,* nous tenons une nouvelle série vedette, il n'y a aucun doute là-dessus. Toutes mes félicitations !

J'étais stupéfait. Même au temps de la radio, jamais un président ne m'avait téléphoné pour me communiquer les indices de satisfaction de mes émissions !

Naturellement, au vu de ces résultats, la direction a dit « tope là ! on continue ». *L'Instit* a démarré comme ça, avec le bon œil et dans la bienveillance générale. Ça n'a l'air de rien, mais la manière dont les choses s'enclenchent détermine souvent la façon dont elles se passent par la suite.

Trente-cinq épisodes ont déjà été diffusés à ce jour, le trente-sixième est en attente, les deux derniers filmés cet été sont au montage. Au moment où je mets la dernière main à ce livre, en septembre 2001, je rentre juste du tournage des trente-sept et trente-huitième épisodes de la série, respectivement intitulés *Aurélie* et *Main dans la main,* que nous venons de terminer dans la région d'Angoulême.

En 1994 et 1995, on a dû faire six épisodes par an pour alimenter la série, mais c'était trop. Trop pour trouver les bons scénarios, de nouveaux décors, et même pour moi. Je saturais. Je préfère attendre, avoir envie de tourner chaque épisode plutôt que de me dire « il faut déjà remettre ça ».

Pourtant, à l'été 2001, pour la première fois, j'en ai enchaîné deux l'un derrière l'autre. Ce fut une expérience intéressante, parce que changer de décor ou de paysage ça repose, et que le second tournage bénéficie de la dynamique du précédent. En fait, c'est exactement ce qui arrive à Victor Novak : il est nommé à un endroit donné en remplacement d'un instituteur titulaire — que ce soit pour cause de maladie ou pour tout autre motif —, il prend sa moto et se retrouve à pied d'œuvre dans un petit village jusqu'ici inconnu de lui. À la fin de sa mission, il reçoit sa nomination à un autre endroit, et il reprend la route pour découvrir une nouvelle région et des gamins différents. Il va devoir faire face à d'autres types de problèmes qu'il devra expliquer aux enfants, comme le chômage des parents, un père alcoolique, la lutte des classes, un meurtre, le poids du passé, la délinquance, le vol, la drogue, l'homosexualité, la violence, l'amitié, le racisme, l'amour, la magie, la foi... Autant de thèmes qui font que, sous des apparences de conformité, ce n'est jamais pareil. Il n'y a jamais deux remplacements qui se ressemblent, si ce n'est par la patience, la compréhension, la pédagogie et l'amour dont fait preuve « l'instit » à l'égard de ses élèves.

La démarche est intéressante en ce que chaque histoire a une morale sans être moralisatrice pour autant

— les scénaristes ont toujours évité cet écueil et nous y veillons. En 2002, la série va entrer dans sa dixième année, ce qui montre la place qu'elle occupe dans le paysage audiovisuel où, très rapidement, elle s'est imposée comme une évidence. Les gens en parlent : « Il y a *L'Instit* ce soir, c'est quoi le sujet ? C'est un nouvel épisode ou bien une rediffusion ? » La série est devenue une institution, au même titre que le journal télévisé, et de surcroît il paraît qu'elle est diffusée dans plus de soixante pays !

⁂

Il va sans dire que je n'ai eu aucun mal à me familiariser avec le personnage de « Totor » Novak. Au point que, au fil des années, nous sommes devenus des amis intimes. Je lui prête mon visage et ma silhouette quatre fois l'an. Souvent, les gens croient que je suis le producteur et le scénariste de la série. C'est faux. Ce n'est pas moi qui décide de ce qui arrive à « l'instit ». Certes, je n'accepterais pas de lui faire dire n'importe quoi. Ainsi je vérifie tous les dialogues, quitte à réécrire certaines répliques. D'abord parce que je suis celui qui connaît le mieux Victor, ensuite parce qu'il y a des mots qui me sont naturels et d'autres qui sonnent faux dans ma bouche. Je fais toujours en sorte que « l'instit » parle avec simplicité et précision.

Enfin, pour ne pas perdre mes repères, je m'attache à mener une vie normale, à arroser le jardin, à aller chez le brocanteur, que sais-je encore. Quand je rentre à Houdan, par exemple, je prends d'un coup d'œil la mesure des volumes, je regarde les objets familiers, je me pose, je dis « bonjour la maison » quand j'arrive et « au revoir la maison » quand je pars. Il ne faut pas bâcler ces choses-là, elles sont importantes, et tout en découle pour notre harmonie personnelle.

Sans ces précautions, depuis le temps, j'aurais pu me prendre pour « Totor ». J'ai toujours craint de ne plus très bien savoir qui je suis... Le risque est d'autant plus grand quand le public confond l'homme et le héros qu'il incarne, et quand les médias entretiennent l'équivoque. C'est le revers d'une médaille frappée par la loi du business, or *L'Instit* n'échappe pas au commerce et Victor Novak est un produit qui se vend bien.

Heureusement, plusieurs garde-fous me retiennent de tomber dans ce travers. D'abord, il y a Françoise et les filles. Si je jouais les Victor Novak à la maison, elles ne me laisseraient pas faire. Et puis, contrairement à d'autres, je ne fais pas que ça dans la vie. Passer des journées « au cul des vaches », nettoyer un moteur, couper quelques stères de bois ou bricoler chez soi, ça vous replace bien dans la réalité concrète et quotidienne.

La première fois où la notoriété de *L'Instit* m'a vraiment sauté aux yeux, nous étions en vacances à Blesle, avec Françoise et les enfants. La série durait depuis deux ans. Nous nous trouvions à table lorsque des gens ont carrément fait irruption dans la maison.

— Bonjour, Klein. On est contents de vous voir !

— Euh... mais vous êtes chez moi... Je suis en vacances avec ma famille.

— Oui, mais nous on a fait des kilomètres pour vous trouver. On ne rate pas un épisode de *L'Instit*. Il est bien, ce Novak... J'aurais aimé, moi, avoir un prof comme ça. Parce que les enseignants, on ne peut pas dire...

— Je suis d'accord avec vous, seulement ce n'est pas moi, Novak ! C'est un rôle que je tiens pour la télévision. Là, on est dans la vraie vie. Alors soyez gentils, laissez-nous en famille...

— Bon, on s'en va. Au revoir ! Mais c'est drôle, on vous voyait moins grand...

J'étais quand même sidéré et les filles observaient la scène avec des yeux ronds. J'ai d'abord pensé que ces visiteurs étaient des personnes un peu bizarres. Des exceptions, en quelque sorte. Mais pas du tout ! Plus ça va, plus les gens me prennent pour Novak. Or, avec Totor, ils sont intimes ! Alors ils ne voient pas de mal à venir me trouver dans mes champs, ou à m'arrêter dans la rue pour me raconter leurs soucis. Mais est-ce que j'ai vraiment le droit de m'en plaindre ?

Quoi qu'il en soit, même s'il est un peu envahissant, je m'entends bien avec Victor Novak. J'apprécie son côté moral, ses idées pleines de bon sens pour arranger les choses. Il passe sa vie à montrer que tout va mieux quand on s'écoute, quand on se parle et quand on se respecte les uns les autres. C'est exactement ce que je pense et ce que je m'efforce de mettre en pratique dans ma vie de tous les jours.

Et puis, je dois le reconnaître, Novak est arrivé à point nommé. Non seulement, grâce à lui, on n'a pas vendu la maison de Houdan, mais on a pu en terminer les travaux (on a même aménagé une vraie entrée, dont on ne se sert jamais : tout le monde continue de passer par la cuisine). Néanmoins, si j'avais quelques reproches à lui faire — pas méchamment, plutôt comme à un pote qu'on aime bien —, je dirais que son principal défaut est de ne pas en avoir.

Je regrette également qu'il ne voie plus sa femme ni sa fille. Du coup il a des relations un peu bizarres avec les autres femmes. Ou plutôt, il a une manière étrange de ne pas en avoir ! Il aura fallu attendre ce fameux épisode de Madagascar, en juillet 2001, pour le voir poser sa main sur l'épaule d'une institutrice du cru. Quelle audace ! Ce fut aussi discret que fugitif, mais il y a quand même eu un progrès de ce côté-là.

Par ailleurs, Novak m'empêche de vieillir, et c'est agaçant. Cela fait bientôt dix ans qu'il m'oblige à avoir le même âge. Je voudrais bien que mes tempes grisonnent un peu plus, que mes yeux se plissent... Dans la réalité, je suis déjà trois fois grand-père !

Ce ne sont pas là des griefs très graves. La seule chose que m'ait finalement volée le père Novak, ce sont les vacances avec mes filles. Comme on tourne avec des écoliers, c'est toujours en période de congés scolaires. Pendant toutes ces années, chaque fois que Mélie et Ninon étaient libres de leur temps je me suis trouvé loin d'elles, en train de m'occuper d'autres enfants.

⁂

Le tournage de *Carnet de voyage* à Madagascar, que j'ai évoqué à plusieurs reprises, est vraiment marqué pour moi d'une pierre blanche. C'est moi qui ai eu l'idée de tourner là-bas. Tout le monde était contre, à part Jean-Luc Azoulay, le patron de Hamster, qui coproduit la série avec la chaîne. Il m'a dit : « Tu veux y aller ? Vas-y. » C'est ce que j'ai fait.

J'avais une idée derrière la tête en proposant un tel voyage. Il ne s'agissait pas seulement de dépayser le téléspectateur, je souhaitais aussi donner à découvrir un pays, des coutumes, un mode de vie et des gens différents de ceux que nous connaissons. Il faudrait que ceux qui ne voyagent jamais — parce qu'ils n'en ont pas les moyens, ou pas le temps — sachent que leurs semblables, un peu plus loin, ont d'autres préoccupations que de calculer le montant de leur retraite, de choisir la couleur de leur nouvelle voiture ou les encombrements de la circulation.

Dorénavant, chaque année un épisode aura pour cadre un autre pays que la métropole. Si nous allons en Guyane, comme je compte le faire au prochain tournage, nous pourrons travailler dans les vestiges du bagne à La Forestière, nous promener dans Saint-Laurent-du-Maroni, montrer une usine de crevettes, visiter la fabrique de pirogues de Sparouine, pousser jusqu'au centre spatial de Kourou ou bien encore nous aventurer sur les îles du Salut, un peu comme on le fait dans l'émission *Va savoir*.

Parce que se contenter du côté distrayant de la fiction n'est pas tout à fait satisfaisant. C'est une façon un peu sèche de présenter les choses, comme une salade sans sauce. Et la sauce en question, pour moi, c'est le côté documentaire, pris sur le vif. Quand on regarde les films d'autrefois, en noir et blanc, on remarque les voitures, la tête des gens, la manière dont ils étaient habillés, le style des boutiques, les uniformes des policiers. « Tiens, se dit-on, il y avait moins de monde dans les rues, ils portaient des chapeaux, la mode était aux vêtements amples, il y avait des enseignes amusantes, des tramways... » Qui sait, peut-être que dans trente ou quarante ans il en ira de même avec *L'Instit* ?

Il ne doit pas y avoir que les œuvres purement documentaires, cataloguées et présentées comme telles par les spécialistes, pour se renseigner. À travers une fiction, en toile de fond, on peut restituer les choses et les gens de manière vraiment vivante, tout en distrayant le public. C'est la dimension qui manque le plus aujourd'hui quand on aborde les sujets dits « sérieux ». Pour y remédier, ça vaut le coup de s'appliquer et de s'impliquer. Dans ce combat, je me définis moi-même comme un « impliqué appliqué », une formule qui vient compléter le qualificatif d'« acteur studieux » que Harrison Ford m'avait décerné pendant le tournage de *Frantic* et qui m'amuse beaucoup. *Actor's Studio* ou « acteur studieux », il faut choisir...

⁂

C'est la notoriété de Novak qui m'a permis de faire exister *Va savoir.* Cette émission diffusée sur la Cinquième a commencé en 1995, deux ans après *L'Instit,* en partie grâce au succès de cette série. Cela faisait un sacré moment que ce projet me trottait dans la tête. J'y pensais déjà au temps d'Europe 1, lorsque j'entrais chez les gens avec mon micro pour qu'ils me racontent leur métier, leur passion ou leur vie.

J'ai même fait une première tentative en ce sens, mais elle n'a jamais vu le jour. À la télévision, on appelle ça un « numéro zéro », ou un « pilote », une sorte d'émission-test qu'on tourne pour montrer un projet aux chaînes ou aux producteurs. Mon idée de départ était de faire un tour de France à cheval en compagnie d'un enfant pour découvrir les régions, les hommes et les métiers. Le concept était plutôt bien accepté, mais ça n'a pas pu aboutir. Une chaîne s'y est vaguement intéressée, à condition que je prenne à ma charge tous les risques financiers. Il n'en était pas question !

Et puis *L'Instit* est arrivé, qui m'a donné une image sympathique associée aux enfants. À cause de cela, j'ai éprouvé le besoin de ne pas me laisser enfermer complètement dans la peau de Victor Novak, si agréable soit-elle. Avec *Va savoir,* je ne suis plus prisonnier d'un personnage. Cette fois la fiction est remisée au placard, je suis Gérard Klein et nous évoluons dans la réalité, avec des enfants qui ne jouent aucun autre rôle que le leur propre. Les moteurs de l'émission sont le savoir, la curiosité, et l'incroyable énergie dont débordent les jeunes de dix à douze ans.

D'une manière générale, la télévision leur accorde peu de place parce qu'ils sont trop difficiles à canaliser, tandis que dans *Va savoir* leur enthousiasme est un précieux carburant. On part à la rencontre du monde, qui nous est montré et expliqué de façon très vivante par des gens passionnants. Les enfants et moi sommes spectateurs, au même titre que le public.

Nous partageons tous le même voyage. Avec cette émission j'ai voulu que le téléspectateur monte avec nous dans le car, s'amuse et chante avec nous, regarde par-dessus nos épaules. Et dans cette aventure, je ne suis que le chef de bande et le conducteur du bus.

Avant d'en arriver là, j'avais tourné et retourné le projet dans ma tête. Pour ne plus avoir à prendre la place d'un instituteur et dire aux écoliers « Voilà, je sais, je vais vous montrer et vous expliquer », il fallait que je trouve des gens qui soient capables de parler de leur activité sur un ton qui ne soit pas celui sur lequel on s'adresse aux adultes. Quand on explique quelque chose à des enfants, c'est toujours beaucoup plus clair, le langage est plus intelligent, parce que plus direct. Ils écoutent et on sent tout de suite qu'ils vont piger.

Cela, je l'avais compris. Mais il me manquait un petit quelque chose pour que ce fût parfait. Le détail qui devait lier la sauce s'obstinait à m'échapper. Et puis, une nuit, je me suis réveillé d'un coup, à la manière de Raymond Souplex, l'inspecteur Bourrel des *Cinq dernières minutes,* avec son fameux « Bon Dieu ! Mais c'est bien sûr ! » qui marquait la découverte de la solution...

Je venais de me souvenir d'un tournage de *L'Instit* en Auvergne, du côté de Brioude, au cours duquel nous avions utilisé un petit car pour conduire tout un groupe d'élèves à la découverte de la nature. Ce car m'avait plu parce qu'il n'était ni très long, ni très large — un peu moins de 2,50 m — et surtout parce qu'il avait un toit vitré, ce qui est pratique pour tourner : on a de la lumière, et donc on voit bien les enfants qui sont dedans.

D'un coup, tout est devenu limpide : nous n'allions pas arriver sur un lieu de tournage comme sur un plateau, nous nous y rendrions tous ensemble. Je voyais une ambiance de promenade, mais aussi de colonie de vacances avec des chants et des rires. Dans un car !

Le car devait être jaune, parce que dans toutes les séries américaines que les enfants regardent les bus scolaires sont jaunes. Ils ont déjà la référence en tête. Ensuite, il ne fallait pas qu'il y eût la radio à bord, ni de lecteur de CD. Si l'on voulait de la musique, on chanterait... Et tout naturellement, je me suis dit : « Mais je l'ai, mon car ! C'est évident ! Je l'ai rencontré avec *L'Instit* sur les routes d'Auvergne... »

Le lendemain matin, j'ai appelé là-bas son propriétaire pour lui demander s'il voulait bien me le vendre.

— Pour sûr que je te le vends ! Que veux-tu que j'en fasse ? Il est vieux, maintenant, il a fait son temps...

J'ai aussitôt fait repeindre le car en jaune et je l'ai laissé quelque temps en pension chez son ancien propriétaire, en attendant que l'émission trouve preneur, car je croyais dur comme fer à mon projet. Un peu plus tard, j'ai remonté l'engin en région parisienne, à Plaisir, où il est hébergé par les transports Hourtoule à deux pas de chez moi. Il séjourne là, parmi deux cents cars qui font du transport scolaire. Mme Hourtoule, la patronne, en est devenue la marraine et s’occupe de tout : entretien, réparations et passages aux Mines pour qu’il soit en parfait état.

Restait à convaincre une chaîne et une société de production. Je n’étais pas en mesure de me lancer seul dans l’aventure. Le « hasard », qui reste une composante majeure de mes projets, a pris les choses en main en m’apportant le premier producteur sur un plateau.

Jean-Louis Remilleux est en effet la première personne qui a cru à *Va savoir*. Nous nous étions rencontrés de manière fortuite : j’avais été l’invité surprise de *C’est votre vie,* une série qu’il produisait à cette époque. Ma femme avait tout organisé à mon insu avec lui et son équipe, en concoctant une émission où j’avais retrouvé plein de gens que je connaissais, des copains de tous horizons comme Claude Barse, ferrailleur à Montluçon, et des amis de toujours. Ce qui était drôle, c’est qu’en me voyant sur le plateau avec Frédéric Mitterrand, Jean-Louis disait à Françoise : « Mais il faut que je bosse avec cet homme-là, ce n’est pas possible ! Il a une énergie fantastique, il me fait rire sans arrêt. On a des trucs à faire ensemble. »

Nous nous sommes donc revus et nous avons aussitôt sympathisé. Il m’a répété ce qu’il avait dit à Françoise et j’en ai profité pour lui parler en détail de mon projet.

— Écoute, je pense depuis des années à une émission qui pourrait s’appeler *Va savoir*... Je suis sûr que ça peut marcher !

Il a tout de suite été partant. Côté diffusion, Jean-

Louis, qui était en relation avec des responsables de T.F.1, leur a proposé sans succès le concept ; quant à moi, j'ai démarché les autres chaînes sans plus de réussite, je dois en convenir. Je suis allé voir Louis Bériot, à France 2, que je connaissais bien. Nous étions dans un courant porteur avec *L'Instit,* mais là il m'a tout de suite arrêté : « Penses-tu ! ça n'intéressera personne... » Même son de cloche à Canal + auprès d'Albert Mathieu.

J'étais tout de même étonné de voir qu'ils condamnaient sans comprendre, car visiblement ils ne comprenaient pas ce que je leur expliquais. Jean-Marie Cavada venait de monter la Cinquième, lui a immédiatement réagi dans le bon sens : « Ça m'intéresse ! » m'a-t-il déclaré sans ambages.

Jean-Marie était-il plus disponible, ou bien étions-nous sur la même longueur d'onde parce que nous nous connaissons depuis trente ans ? Toujours est-il qu'il a saisi, sans qu'il fût besoin d'insister, tout le potentiel d'une émission hebdomadaire de vingt-six minutes, où de jeunes apprentis journalistes sillonnent la France à bord d'un petit bus jaune à la rencontre d'artisans, d'agriculteurs, de cuisiniers, de personnages divers, hauts en couleur et tous passionnés par leur métier.

Nous avons donc démarré comme ça, avec le car, les enfants et la chanson des Beatles au générique, parce que j'aime les Beatles... Et ça a donné un ensemble cohérent qui a séduit tout le monde et qui fait toujours un carton six ans plus tard. Près de quatre cents émissions, qui font l'objet de deux diffusions hebdomadaires, de rediffusions pendant l'été, et sont également distribuées dans quatre-vingt-dix pays par l'intermédiaire de TV5. J'ai même vendu le concept à une boîte de production canadienne qui va faire la même chose (en anglais, et sans moi).

Le car symbolise à lui seul la démarche. Il a vraiment été l'élément déclencheur de *Va savoir*. D'abord il nous permet de rester ensemble, de former une équipe, ce qui est beaucoup plus sympathique ; ensuite, partout où nous circulons, on nous reconnaît. Sur la route, sur l'autoroute, dans les villages traversés, on nous klaxonne, on nous fait des signes amicaux. Le car jaune sert d'affiche et de publicité roulante !

⁂

À la télé, on doit non seulement veiller au produit, mais bien le vendre. Il est nécessaire d'informer les téléspectateurs sur ce que l'on fait, comment et pourquoi on pratique ainsi, avant de leur montrer le travail. Il convient aussi et surtout de faire partager la joie que nous avons vécue en préparant l'émission. La télévision exige cette transparence.

J'avais dit aux filles qui s'occupent de la promotion des émissions de ne rien faire au démarrage, contrairement aux habitudes maison. Je voulais voir ce qui allait se passer, juger à froid de l'intérêt spontané que les téléspectateurs allaient ou non porter à l'émission afin de vérifier le bien-fondé de mon concept. Au bout d'un mois ça marchait déjà très bien tout seul, l'audience augmentait régulièrement. À partir de là, j'ai donné mon feu vert pour la pub. La machine s'est mise en marche et j'ai moi-même commencé à en parler.

L'humeur d'une équipe influençant directement le tournage de l'émission, nous avons fait en sorte, avec Jean-Louis Remilleux, que les gens puissent évoluer et faire ce qu'ils aiment, que *Va savoir* leur offre un vrai tremplin professionnel. C'est ainsi que des jeunes qui n'étaient qu'assistants au début sont devenus réalisateurs. Notre petit groupe ressemble davantage à une bande de copains qui s'aiment bien et s'entendent à merveille qu'à une équipe de tournage traditionnelle, aussi bonne et décontractée soit-elle.

Quand on travaille avec des enfants, l'ambiance est encore plus sensible. Il faut être vrai. On ne peut pas se permettre de s'engueuler, ça ficherait tout par terre. Et l'harmonie qui règne entre nous ne peut pas être factice. Les gars sont bien élevés, travaillent beaucoup, sourient, s'intéressent vraiment à ce que les intervenants disent, écoutent, posent eux-mêmes des questions en dehors des prises. Ils demeurent tous très motivés. D'ailleurs, si partout où nous allons les gens se montrent heureux de nous voir et nous reçoivent comme des rois, il doit y avoir une raison.

Il faut tenir compte de tout cela car, comme je l'ai déjà évoqué à plusieurs reprises, on peut imaginer que les supports magnétiques enregistrent tout, non seulement les images et les sons, mais les « états vibratoires ». Un même film, une même émission, peuvent encore être totalement émouvants trente ans après tandis que d'autres sont nuls et plats l'année suivante, alors qu'ils avaient fait un joli succès sur le moment. La rumeur et la publicité les avaient portés, mais ce qui résiste au temps, c'est l'atmosphère. Quand dans une émission de Jean Nohain et André

Leclerc, Francis Blanche et Pierre Dac, complètement bourrés mais complices à mort — et morts de rire —, avaient interprété en direct leur fameux numéro de voyance, la salle tout entière avait suivi. Ceux qui ont assisté au spectacle sur le petit écran s'en souviennent encore. Eh bien ce vieil enregistrement en noir et blanc a gardé le même pouvoir, et la bande-son produit toujours le même effet.

Une ambiance, ça ne s'invente pas. Tout peut se trafiquer, sauf ça.

Ce que je trouve fantastique, ce sont les rires partagés avec les adultes et la complicité que nous établissons entre l'équipe technique et les enfants. La barrière des âges n'existe pas dans ces conditions. Les gamins de douze ans piquent des fous rires avec les techniciens de trente-cinq ou cinquante ans qu'ils considèrent comme des copains au bout de vingt-quatre heures et qu'ils associent très vite à leur univers. Ça veut dire qu'il n'y a pas de conflits de générations. Les jeunes et les vieux, pour moi, ça n'existe pas !

Je dois avouer qu'inconsciemment, avec *Va savoir,* au-delà de l'idée, j'ai cherché à recréer l'atmosphère que Maurice Siégel avait instaurée en son temps à Europe 1 : la simplicité, la convivialité qui permettaient de mettre tout le monde en osmose, on en percevait l'esprit et l'affectif à l'antenne. J'ai voulu retrouver un état d'âme plus encore qu'un état d'esprit, et à ce compte nous avons parfaitement rempli le cahier des charges ! Et plus on s'amuse, plus on travaille, plus on est concentré sur ce que l'on fait. On ne sent pas la fatigue. On n'y fait pas attention. Quand on se couche on s'endort aussitôt parce qu'en fait on est crevé, mais on ne s'est aperçu de rien. Et le lendemain, c'est reparti sur le même rythme.

À la rentrée 2001, j'ai tout de même dû faire évoluer *Va savoir,* parce que, après six années d'existence, nous avons rencontré une multitude de personnages et fatalement, avec le temps, le nombre de sujets disponibles s'est amenuisé. Rien que dans l'année scolaire écoulée, nous nous sommes intéressés à une vingtaine de thèmes, tous plus passionnants les uns que les autres, comme les mouflons, les techniques de restauration en peinture, l'alchimie des plantes, les herbes de Provence et la Provence de Giono, la sculpture, la forêt amazonienne, la découverte des planètes, les plantes aromatiques, le métier de tailleur de pierres précieuses, celui de berger, la restauration des vieux trains, et j'en passe !

Nous avons donc ressenti le besoin de passer de « l'agriculturel » au culturel, même si, profondément, je ne suis pas vraiment certain de faire la différence entre ces deux mondes.

Je crois ainsi qu'il est temps de faire découvrir ou redécouvrir avec un éclairage nouveau des hauts lieux historiques comme le Louvre ou Notre-Dame. Parce qu'ils sont mythiques, on les croit figés. Rien n'est plus faux ! Il y a quelque temps, nous visitions les tours de la cathédrale de Paris avec une représentante du Patrimoine français. Elle nous expliquait l'architecture de l'édifice. En même temps, je pensais aux bâtisseurs. À la fin de la chaîne, il y a toujours un type avec sa pointerole et son marteau qui taille et joint les pierres. Cette main, c'est la même que celle de tous ces hommes rencontrés au cours des six dernières années. Voilà le point commun entre mes émissions passées et à venir. C'est toujours le geste de l'homme qui détermine la suite...

Mon ambition, c'est qu'en regardant l'émission des gens comme moi, qui ne sont ni des intellectuels ni des spécialistes, puissent se dire : « Tiens, puisque Gérard y est allé, pourquoi pas moi ? » Il faut donner envie d'aller voir, abattre les barrières mentales qui font dire que « j'irais bien, ça doit être intéressant, mais ce n'est pas pour moi ». L'art et la culture n'ont pas de frontières humaines.

Et puis, comme tout le monde ne peut pas forcément visiter les musées d'Amsterdam, de Berlin, de Saint-Pétersbourg, de Madrid, de Vienne ou de Londres, il faut faire vivre leurs richesses aux yeux des spectateurs. Si nous nous restreignions aux musées français, nous tournerions très vite en rond. Nous allons donc parcourir une multitude de lieux à travers le monde et tenter de découvrir ce qu'ils ont en commun. Par exemple, au Metropolitan Museum de New York, une sculpture sans tête du Christ est exposée. Et la tête manquante est dans l'Aveyron ! En filmant les deux parties de cette même œuvre, en les liant virtuellement, nous la ferons découvrir dans sa totalité.

Bien sûr, quand nous irons à New York, nous ne prendrons pas le bus jaune, mais j'ai trouvé une solution de remplacement en demandant aux chauffeurs des taxis jaunes qui nous transporteront de coller notre logo sur leur voiture...

Comme toujours, les castings pour trouver nos jeunes reporters restent le plus près possible des lieux de tournage. Par la force des choses, compte tenu de notre nouvelle orientation, nous allons devenir un peu plus citadins. Et avec nos voyages à l'île Maurice, à la Réunion, en Guyane, l'émission change. Les enfants sont différents à cause de la distance, du dépaysement. C'est un choc pour eux, et nous l'utilisons. Nous partons pendant une semaine, parfois dix jours. Nous avons le temps de nous installer, de bien nous amuser. Car le moteur de *Va savoir,* c'est avant tout du plaisir, et de l'amour. Ça ne se passe pas qu'avec la tête, mais aussi avec le cœur.

IX

VÉDRINES, LE BEAU VISAGE D'UN RÊVE D'ENFANCE

Blesle ne nous a peut-être pas adoptés, mais nous, nous avons adopté Blesle. L'endroit est si beau ! Dès que nous avions quelques jours devant nous, nous y débarquions avec les filles. On a passé des étés formidables dans notre petite maison retapée pièce après pièce. Je me souviens de balades, de piqueniques, de baignades dans des torrents... Nous ne faisions rien d'autre que de nous laisser vivre !

J'ai dû parcourir toutes les routes, tous les chemins, toutes les sentes à vingt ou trente kilomètres à la ronde. Je me suis imprégné de la terre, de la roche, des herbes, des fleurs et des paysages environnants, à pied ou à cheval. À plusieurs reprises, au cours de ces excursions, je me suis arrêté à Védrines, sur une sorte de plateau prolongé par des pentes douces couvertes de champs et de bois. Védrines... un beau nom qui m'attire, comme le « bas bory » — qui signifie le village du bas — ou le « breuil », ces bois, taillis ou buissons bordés de haies qui servent de retraite aux animaux.

L'endroit était somptueux, digne et solitaire. Les dizaines d'hectares d'une exploitation dont j'apercevais les bâtiments sur ma droite s'étendaient à mes pieds. Le vent m'apportait des odeurs d'étables et de foin, senteurs précieuses de mon enfance que je respirais à pleins poumons comme autrefois, à Montmirail, lorsque j'allais chercher le lait à la ferme voisine avec un pot en aluminium un peu cabossé... Je me vois encore entrer dans l'étable comme dans un sanctuaire et plonger avec gourmandise dans le clair-obscur de cet univers magique.

J'ai grandi, je suis parti, mais j'ai continué de vouer un culte aux vaches si belles, tranquilles et solides. Je ne sais plus au juste à quel moment j'ai rencontré ma première Salers, avec sa splendide robe rouge et ses cornes élégantes, mais elle m'a plu tout de suite par sa puissance et son aspect rustique. Depuis, je n'ai cessé de me documenter sur cette race. La Salers est bonne pour tout — lait, viande, endurance —, sans aucune spécialité. On se ressemble, elle et moi. Bons à tout, bons à rien... Je sais couper du bois, réparer une voiture, démonter un tracteur, chanter, « causer dans le poste », faire l'acteur, élever des vaches et préparer le couscous. Toutes ces activités me plaisent. Alors forcément, c'est suspect : comment peut-on aimer faire plusieurs choses à la fois et les faire bien ? Ce n'est pas possible. Dans la vie, pour ne pas déranger les autres, il faut savoir choisir sa place et s'y cantonner. Résultat, quand je débarque dans les bureaux de verre et de béton des télévisions parisiennes, pour beaucoup je suis « le paysan qui joue à l'acteur » ; et à Védrines, quand je change la litière de l'étable, je suis « le gars de la télé qui se prend pour un paysan ».

Mais je m'en moque : je suis allé au bout de mon rêve d'enfance. C'est *L'Instit* qui m'a donné les moyens d'exploiter la ferme où je passe le plus clair de mon temps quand je ne suis pas en tournage, et d'élever mon troupeau de Salers comme je pense devoir le faire.

J'aime mon métier d'acteur, mais je crois qu'il faut savoir sortir du jeu, se mettre dans la marge, retrouver ses racines, même si je ne peux pas dire pour autant que les miennes se situent en Auvergne. Parce que je ne suis pas de là-bas, on me l'a fait comprendre. Là comme ailleurs je ne suis rien, je suis de nulle part. C'est le lot de tous ceux qui se déplacent. Or je suis un nomade.

La terre, elle, ne rejette personne a priori. Au contraire, elle accueille et adopte qui l'aime. C'est simple : la relation que l'on peut avoir avec elle est animale, d'ordre biologique, c'est-à-dire qu'on y est bien, à sa place, en paix. Et c'est là un sentiment essentiel.

⁂

Beaucoup de petits garçons de ma génération ont rêvé d'être pompiers ou conducteurs de train. Ils sont pour la plupart devenus employés de bureau ou commerciaux... Moi, je rêvais d'avoir un beau troupeau, et j'ai fini par y arriver. Il y a des jours — en général au petit matin, quand cette odeur d'étable, la même qu'à Montmirail, me fait tourner la tête — où je n'en reviens pas d'avoir eu cette chance. Je sais mon bonheur et je le goûte pleinement.

La première Salers dont j'ai été propriétaire était vieille mais digne. Nous avons fait connaissance un soir en plein Paris, dans la cour de France Télévision, dans des circonstances pour le moins inattendues. J'avais rendez-vous vers 19 heures avec Louis Bériot, à France 2, pour parler d'un vague projet. Quand je suis arrivé, j'ai senti un truc bizarre. Dans le hall d'entrée, j'ai croisé un type inconnu. Comme c'était la seule âme qui vive dans ce palais déserté, je suis allé vers lui.

— Bonjour ! Elles sont parties, les filles de l'accueil ?

— Ah oui ! Après 7 heures, il n'y a plus personne.

— Mais on peut monter quand même ?

— Bien sûr. Allez-y !

Cet homme-là, c'était Jean-Louis Remilleux, un producteur télé que je ne connaissais pas encore. Ni lui ni moi ne nous doutions que nous allions nous revoir souvent...

J'ai grimpé au sixième étage sans prendre l'ascenseur. Je trouvais l'ambiance étrange. Je jetais un coup d'œil à chaque palier, personne ! Je suis arrivé sans encombre mais un peu perplexe dans le bureau de Louis Bériot, juste à l'heure, comme à mon habitude. Il était avec une femme. Tous deux étaient occupés à visionner des séquences. J'ai patienté une dizaine de minutes. Je commençais à tourner en rond. J'ai fini par protester gentiment.

— Écoute, Louis. Je suis venu pour qu'on discute ! Si tu n'as pas le temps, ce n'est pas grave, on prend rendez-vous un autre jour. Je n'ai pas envie de rentrer chez moi à 10 heures du soir...

— J'arrive, Gérard, j'arrive. On a presque fini, je te le promets. Regarde ce programme avec nous !

— Je m'en fous, de ton programme. Je ne suis pas venu jusqu'ici pour regarder la télé !

Je lui ai encore accordé dix autres minutes avant de renfiler ma veste.

— Bon, chef, tu es sympa, mais je me tire. Je reviendrai un jour, quand tu auras le temps...

— Non, non, c'est bon, tu vas voir... On va discuter, là, ça va être maintenant.

Au moment où il a dit « maintenant », deux portes se sont ouvertes de chaque côté du bureau et deux caméras ont fait leur apparition. Frédéric Mitterrand est sorti de je ne sais où en claironnant de sa voix reconnaissable entre mille :

— Bonsoir ! Eh bien oui, Gérard Klein, *C'est votre vie*...

Je m'étais fait piéger ! J'étais en plein dans l'émission de Jean-Louis Remilleux. Tout le monde rigolait. Pourtant, ce n'est pas facile de m'avoir, j'observe tout, jusqu'au moindre détail, en permanence. Une fois, j'ai même débusqué l'équipe de *Surprise sur prise* au fond de mon jardin... Ils n'ont jamais réussi à me coincer. Mais ce soir-là, tout avait marché comme sur des roulettes. Françoise était dans la confidence, évidemment. Cela faisait des semaines qu'elle était en contact avec le producteur de l'émission et son équipe. On n'est jamais si bien trahi que par les siens...

Ç'a été une folle soirée. On est partis en voiture vers le studio où avait lieu l'émission. Dans la cour de France 2 se trouvait un groupe de musiciens auvergnats en costume traditionnel, et cette belle vache de Salers qu'ils avaient fait venir spécialement pour me l'offrir. Tout s'est passé tellement vite que je n'ai même pas eu le temps de réaliser. Je suis entré dans un immense studio où deux cents personnes m'attendaient. Rien que des gens que je connaissais et que j'aimais bien !

En plus d'un bon souvenir, j'ai conservé de cette soirée deux choses vraiment précieuses. D'abord l'amitié de Jean-Louis Remilleux, qui allait bientôt coproduire mon émission *Va savoir,* et ma première vache de Salers, une bête d'environ cinq cents kilos, dotée de cornes magnifiques, à l'épaisse toison rousse et aux regards langoureux. C'est elle, si je puis dire, qui m'a mis le pied à l'étrier. Puisque j'en étais maintenant propriétaire, l'heure était sans doute venue d'avoir ma ferme et le troupeau dont je rêvais. Je pensais à Védrines, au-dessus de Blesle, ce coin entouré de terrains superbes où je revenais sans cesse rôder et dont je m'étais dit : « Un jour, je réussirai à l'exploiter. »

⁂

Quand on confronte ses rêves d'enfant à la réalité du monde des adultes, il y a toujours un moment difficile à passer. Tout à la joie de m'installer à Védrines pour élever un troupeau, je m'attendais à un accueil plus chaleureux, vu le respect que je porte à la terre.

En fait, j'ai été trimbalé dans la jungle administrative des subventions et des autorisations agricoles.

J'ai appris à mes dépens les copinages douteux où quelques individus disposent de pouvoirs discrétionnaires, et comment la jalousie verrouille toutes les portes, empêchant systématiquement l'éclosion des projets qui ne sont pas ceux d'une certaine coterie.

L'éleveur qui occupait les lieux avant moi était un monsieur important dans le syndicalisme agricole, un homme qui prenait des décisions pour les autres fermiers. Les bâtiments de l'exploitation étaient dans un état lamentable. Il y avait des bouts de ficelle partout dans les clôtures et, surtout, la stabulation — nouvelle conception de l'étable — ressemblait à un bourbier. Les animaux pataugeaient dans leur bouse. Je lui ai demandé si c'était normal, il m'a répondu que oui. Il est certain que lui et moi n'avions pas la même conception des choses. Avec un seul homme pour s'occuper du troupeau, et n'étant moi-même pas là tous les jours, en quelques mois nous avons quand même réussi à obtenir quelque chose d'un peu plus fréquentable, des animaux propres, évoluant au calme ou dans des espaces clôturés.

Mon prédécesseur avait fait des trous partout pour recueillir l'eau de pluie et abreuver gratuitement ses bêtes. Bien que n'ayant pas suivi les cours d'une école d'agriculture, il me semblait qu'il était préférable de leur donner de l'eau propre, même s'il fallait la payer... Je veux bien être le citadin de service, mais parce que je suis de la ville, justement, je me dis que les ruminants méritent d'être tenus propres, d'être paillés et de ne pas boire de l'eau sale.

Finalement, j'ai tout fait ! Les bois, les murs, le ciment, les barrières. J'ai rebouché les trous, ce qui n'était pas une mince affaire. Il y en avait tant que la terre de récupération formait une butte de près de deux mètres de hauteur le long de la stabulation. Et comme rien ne se perd, cette butte avait été transformée en jardin potager d'altitude sur lequel il fallait grimper pour cueillir une salade ou arroser les pieds de tomates. Très inattendu dans le paysage !

On apercevait aussi un énorme tas de pierres près de plusieurs maisons abandonnées aux ronces. C'est tout ce qui restait du petit hameau qui entourait la ferme à l'origine. On avait démoli tous les bâtiments qui menaçaient de tomber en ruine. Le spectacle était navrant. On aurait pu les transformer en gîtes ruraux, faire revivre doucement ce lieu magnifique. Mais c'est là, sûrement, une idée de citadin. À mes yeux, les vieilles pierres ne sont pas seulement bonnes pour les historiens et les archéologues. Or souvent, à la campagne, quand un bâtiment ne sert plus à rien, on le laisse se dégrader puis, lorsqu'il n'y a plus de toit, plus de fenêtres ni de portes, que l'herbe a tout envahi et que c'est devenu un nid à ronces et à serpents, un jour on le met par terre en laissant les pierres sur place...

Deux maisons en très mauvais état avaient néanmoins échappé au sort commun. Depuis j'en ai restauré une et nous allons bientôt mettre l'autre en chantier. Cette dernière date de la fin du XVe siècle ou du début du XVIe. Elle sera très belle quand elle aura retrouvé une toiture. En fait, si elle a échappé au massacre, c'est parce qu'elle ne faisait pas partie du domaine.

Grâce aux autres maisons, j'ai pu refaire le mur de la ferme, côté cour, avec des pierres qui ont une histoire, une vie multiséculaire. Elles ont connu plusieurs propriétaires, vu et entendu bien des choses. Mon ami Yvon, qui sait tout faire, m'a aidé à rendre l'endroit habitable. À chaque fois qu'on remonte quelque chose avec lui, on dit toujours rituellement, en terminant le travail : « Ça y est, celles-là elles sont reparties ! » C'est comme si nous les avions sauvées de l'oubli.

Dans une ferme, il y a toujours quelque chose à faire. Il faut entretenir, rénover, construire sans arrêt. Mon rêve (juste un rêve !) serait de démonter l'actuelle stabulation, qui est mal placée à tout point de vue, et de la remonter ailleurs en la transformant. J'aurais besoin d'une plus grande superficie pour stocker plus de foin et avoir plus d'espace pour le tourner. C'est un peu du délire, mais j'aimerais placer cette étable à l'écart des maisons, juste en contrebas, de manière à ce que les animaux puissent circuler comme ils l'entendent, venir de partout, entrer et sortir librement. Et surtout je la voudrais en bois, pour mieux l'intégrer dans le paysage, parce que son bardage blanc actuel se voit de loin. C'est sans doute intéressant pour les avions de tourisme, mais plutôt offensant pour le site. Lorsque j'ai dû rallonger le bâtiment, je me suis engagé à planter des arbres, ce que j'aurais fait de moi-même tant la nécessité s'en faisait sentir.

En parcourant l'Europe, on voit partout des ensilages sous plastique, avec des milliers de pneus posés dessus pour tenir les bâches. C'est ce qu'il y a de plus répandu, parce que c'est pratique et — surtout — gratuit. Des semi-remorques livrent les pneus cadeaux dont les garages sont heureux de se débarrasser à si bon compte. Je comprends que ce soit tentant, mais du point de vue de l'environnement et de l'esthétique, ce n'est pas terrible. Un changement dans les habitudes sera d'autant plus long à se manifester que l'envie de faire autrement est pratiquement inexistante et qu'aucune réglementation n'incite à agir de la sorte... pour le moment.

***

Quoi qu'il en soit, la partie n'a pas été simple, parce que là encore il a fallu payer cher le droit d'apprendre. Quand j'ai pris possession de la ferme, je me suis empressé d'acquérir un troupeau. Tout naturellement, je me suis tourné vers ce marchand qui était venu en camionnette me livrer ma première Salers, offerte le fameux soir de *C'est votre vie.* Je lui ai acheté vingt vaches qui me paraissaient bien belles. J'étais fier de mes bêtes. Hélas ! j'ai vite déchanté : elles étaient malades. Elles avaient pris froid. J'ai appelé le vétérinaire qui a fait ce qu'il a pu pendant deux mois et demi. Ça m'a coûté une fortune en soins, et malgré ça deux d'entre elles sont mortes au bout de trois semaines. Il m'avait vu venir de loin, le bonhomme ! Je n'y connaissais rien, il le savait, et il m'a carrément escroqué. C'était bien fait pour moi. J'avais tellement envie de concrétiser mon rêve que je m'étais précipité les yeux fermés et le sourire aux lèvres.

J'ai racheté des bêtes, de splendides Salers, certificats à l'appui. C'étaient de très beaux et très bons animaux, sains, bien développés. Je suis passé par un intermédiaire, mais le propriétaire des vaches, qui s'appelait Marcel Matière, avait joint un petit mot à la facture. Il m'écrivait qu'il était heureux de me vendre ses bêtes et qu'il espérait qu'on se rencontrerait un jour.

Quelques années plus tard, je tournais un *Va savoir* dans le Cantal lorsqu'un gars du coin me dit :

— Tu devrais prévoir une séquence dans l'usine de monsieur Matière, il y a des belles images à faire.

— Matière ? Ça me rappelle quelque chose... Qu'est-ce qu'il produit, exactement ?

— Il est dans le béton. Il fabrique des canalisations géantes, des buses, des ponts. Ça vaut le coup d'œil, je t'assure ! Et puis le gars te plaira : son dada, c'est les vaches de Salers. Il a un troupeau fabuleux !

— Il ne se prénommerait pas Marcel, par hasard ?

— Si, pourquoi ? Tu le connais ?

C'était bien lui ! Voilà comment j'ai fini par rencontrer Marcel et sa fille Sophie, qui travaille avec lui. On est devenus bons amis. C'est un authentique passionné des Salers, et nous sommes sur la même longueur d'onde. On ne m'avait pas menti quant à son immense troupeau. Il possède même des Salers noires, qui sont une vraie rareté. Comme tous les animaux dont les muqueuses sont noires, elles sont très résistantes. Plus encore que les rousses. Enfin bref, Marcel Matière a comme moi la passion de l'élevage des Salers.

J'ai une certaine conception de l'élevage, et de la terre. Faut-il de l'engrais pour que l'herbe pousse? Chacun fait ce qu'il veut. Il y en a qui épandent de l'azote, d'autres du lisier de porc. Mais le problème n'est pas seulement là. Le problème est : pourquoi la terre, qui est un organisme vivant, ne réagit-elle plus comme par le passé?

On commence à mieux le comprendre... Beaucoup de phénomènes sont à l'origine de cet épuisement, comme le tassement des sols dans les zones agricoles. Cela tient essentiellement à la mécanisation, c'est-à-dire au travail avec des tracteurs de plus en plus lourds, des machines de plus en plus pesantes, dont le passage répété écrase tout. Or il conviendrait que la couche supérieure du sol, celle que l'on cultive, soit aérée un peu comme une éponge, qu'elle soit sensible, douce et bien irriguée par des microréseaux qui laissent circuler l'air, l'eau et les minéraux.

De la même manière, on commence à admettre que le bien-être des animaux est primordial à tous les stades. Que ce soit dans les stabulations ou dans les prés, la propreté, l'hygiène et la façon dont on les nourrit de la naissance à l'abattoir déterminent la qualité de la viande. La crise de la vache folle aura eu ceci de positif qu'on écoute davantage les scientifiques qu'on prenait si peu au sérieux il y a quinze ou vingt ans.

Pour ma part, j'ai abordé l'élevage avec des idées de citadin. Un handicap? On a en effet coutume d'opposer la ville à la campagne, le citadin — intellectuel, industrieux, col blanc, ignorant des réalités de la terre — au paysan, proche de la nature et dépositaire d'un savoir ancestral. C'est trop simpliste.

D'autant que beaucoup de ruraux fuient la campagne, tandis que des citadins amorcent leur retour à la terre. Ainsi, qu'on le veuille ou non, les agriculteurs et les éleveurs seront de plus en plus des citadins, avec une éducation, une culture, un mode de pensée, une mentalité, une curiosité et un regard de citadins sur le monde rural. Avec aussi, je l'espère, le respect et l'amour que portaient à la terre nos ancêtres paysans.

*
**

Mon engagement agricole est avant tout philosophique. Pour moi, la terre n'est pas une fatalité. L'élevage est un choix qui me rend heureux. Je n'attends pas que ça me rapporte des fortunes, mais je fais en sorte que l'exploitation tourne normalement et sainement. Et comme j'ai la chance d'avoir plusieurs métiers, je me dis que le comédien sponsorise le paysan. Je ne prends rien au monde agricole, ni au contribuable, ne bénéficiant pas des avantages réservés aux paysans. Je ne perçois pas la prime à l'herbe, ni celle à l'agriculture de montagne. D'ailleurs je ne reçois rien, car je ne tire pas mes revenus principaux de la ferme. Tous les ans je remplis des papiers pour l'octroi des subventions parce que c'est obligatoire, mais sans rien obtenir. J'ai simplement droit à quelques avantages concernant l'élevage des bœufs. En clair, je ne cherche pas à m'enrichir avec la vache de Salers mais je peux lui offrir de la publicité. Il suffit d'en faire une star, de la rendre emblématique, pour accélérer le processus. La belle vache Milka à la robe mauve et blanc a plus fait pour le chocolat suisse que bien des campagnes-produit menées par les chocolatiers. Mais n'est pas star qui veut.

La Salers est naturellement belle, avec une attitude altière. Autant profiter de ses atouts. C'est une vache riche, fine, dotée d'un mental exceptionnel qui la rend attentive, vigilante, et non pas placide comme beaucoup d'autres. Elle a souvent la posture d'un taureau de combat. Elle est très mobile, rassemblée, avec les pieds très proches les uns des autres, ce qui lui permet de pivoter à toute vitesse. Quant aux bœufs, ils ont une allure encore plus sauvage, accentuée par des cornes aux pointes fort écartées. Des armes redoutables, car lorsque la tête tourne sur elle-même les cornes décrivent un arc de cercle ultra-rapide.

Je connais aujourd'hui un certain nombre de gens, tous plus passionnants les uns que les autres, qui sont de fervents amoureux de cette race. C'est le cas d'Yves Bioulac, l'un des patrons du Groupement des éleveurs du Pays Vert. Il m'a confié que depuis des années il rêve de faire un bouquin sur la Salers, tant elle a de caractéristiques étonnantes. Pour lui aussi, c'est la plus belle vache du monde.

Je ne sais pas si les ruminants qui regardent passer les trains en tirent un enseignement quelconque sur le comportement des humains, mais, à l'inverse, observer un troupeau est toujours édifiant. De mon point de vue, on apprend beaucoup plus sur les lois de la nature en restant quelques heures avec des bêtes qu'en étudiant six mois à Paris. J'ai assis des gens qui n'avaient jamais côtoyé de vaches au milieu du troupeau pendant une demi-heure, ils étaient stupéfaits. D'abord c'est apaisant et l'on perçoit très vite un rapport d'énergie entre ces gros mammifères, le sol et le sous-sol. Non, je ne suis pas un illuminé, c'est comme ça, chacun peut en faire l'expérience : la position de l'animal, à chaque moment, est déterminée par le tellurisme du lieu, le vent, l'humidité de l'air. Des bœufs en troupeau se déplacent sans arrêt, comme tous les mammifères, en fonction du soleil, de ce qu'ils ont à manger sous les pieds, de l'inclinaison du terrain et de leur instinct, mais le comportement est avant tout grégaire, c'est-à-dire que le groupe suit son leader.

L'herbe du petit matin est fraîche. Dans l'après-midi, elle est trop chaude. Durant une journée d'été, sur les terres, on ne voit pas les animaux. Ils se sont nonchalamment mis à couvert dans les bois, près du ruisseau. Tout le troupeau est couché, les bêtes restent à proximité les unes des autres, à ruminer ce qu'elles ont mangé le matin. Et puis l'hiver, le soir venu, après avoir vagabondé dans la prairie et dans les bois, c'est le retour à l'étable. Mais attention ! S'ils préfèrent être parqués dans l'enclos voisin plutôt que dans l'endroit qu'on leur a dévolu, ces animaux vont sauter de pied ferme la barre de séparation qui s'élève à près de deux mètres de hauteur. Ils se ramassent sur eux-mêmes et, d'une seule détente, ils franchissent l'obstacle, exactement à la manière des chiens de cirque. Seulement, là, ce sont des quadrupèdes de plus de sept cents kilos qui se livrent à ce petit exercice.

Ils le font encore plus aisément près de l'abreuvoir, qui est moins haut, bien que le passage soit assez étroit. En fait, ils passent partout où ils ont décidé de le faire, même sous les barrières situées à soixante centimètres du sol. Ces paquets de muscles sont capables de s'aplatir comme des chats ! Ils sautent, ils se faufilent, ils passent d'un immobilisme total à l'action en une fraction de seconde. Leur vivacité laisse pantois. Et puis, autre paradoxe, malgré leur allure de bêtes de combat, ils se mettent soudain à gambader joyeusement. Je ne me lasse pas de ce spectacle.

« Le bonheur est dans le pré, cours-y vite, cours-y vite... », dit le poète. C'est ce que je fais d'instinct pour ne pas le laisser passer. L'instinct est à mon sens une dimension essentielle du bonheur. C'est ce qui me rapproche des vrais bouseux — et moi, Bouseux, je l'écris avec un B majuscule —, ces hommes qui n'ont pas laissé s'émousser l'apport ancestral d'une intimité de tous les instants avec la nature.

Bien sûr, à l'écoute de son instinct on devient rarement prix Nobel, mais je m'en fous éperdument. Je ne veux pas être prix Nobel, je veux simplement être bien là où je me trouve, quand je m'y trouve.

⁂

Il ne faut pas sous-estimer pour autant les problèmes du monde agricole et des éleveurs, ni les considérer de manière simpliste à travers ces vitrines clinquantes que sont les salons de l'agriculture ou la Foire de Paris, par exemple. La quadrature du cercle commence avec les investissements en matériel. Ceux-ci sont indispensables, d'une part en raison de la raréfaction de la main-d'œuvre et du coût de celle-ci, mais aussi à cause de la taille des exploitations qui ne permet pas de faire le travail à la main dans les délais qu'impose la nature.

Il faut donc être en mesure de s'équiper. Financièrement, cela représente des apports de fonds extrêmement lourds pour une rentabilité dérisoire. Par exemple, une bonne machine à épandre le fumier, neuve, fiable et adaptée, coûte autour de cent mille francs. Or, lorsqu'un peintre en bâtiment ou un plombier achète une camionnette, il en a un usage quotidien. Même si c'est cher pour lui, il peut se dire « tant pis, j'investis, ça en vaut la peine ». Tandis que la machine qui sert à épandre le fumier va servir quelques jours ou quelques semaines dans l'année. Et cent mille francs d'investissement pour une période aussi courte, il faut le reconnaître, c'est particulièrement handicapant.

Pour tenter de résoudre ce type de problème, on a créé des coopératives, les CUMA [1]. Mais, d'une part, il n'y en a pas partout, et d'autre part c'est compliqué. Une démarche de ce genre suppose qu'il y ait une véritable entente entre les paysans et que le matériel soit bien entretenu par chacun d'eux. Il faut aussi qu'ils en disposent et qu'ils l'utilisent au bon moment, donc qu'ils n'en aient pas tous besoin le même jour. Ce qui est très rare. Car quand vient le

1. Coopérative d'utilisation de matériel agricole.

temps de faner, de faire le foin (c'est-à-dire, après l'avoir fauché, de le tourner et le retourner pour le faire sécher), il faut agir sans attendre. On ne peut pas différer d'une semaine ou deux l'opération, jusqu'à ce que la machine soit disponible. Du coup, il ne sera pas possible de satisfaire plus de deux ou trois paysans, au grand maximum. Et en vertu de quels critères va-t-on décréter que tel, tel et tel bénéficieront du matériel au détriment des autres adhérents ?

Les sociétés de location de matériel ne sont pas mieux adaptées. Là aussi, tout le monde veut la machine au même moment.

Ayant compris cela, j'ai fait le nécessaire. À l'été 2001, tout le monde s'occupait de ses foins que j'en avais déjà terminé. Pourquoi ? Parce que je possède une faucheuse, une pirouette, une andaineuse et un roundballer. Sur une exploitation de plusieurs dizaines d'hectares, pour donner du foin à un troupeau comptant de nombreuses têtes, il faut disposer de tous ces engins. Les louer ou les avoir achetés.

La faucheuse est indispensable, eu égard au nombre d'hectares exploités. C'est une machine relativement simple avec des couteaux circulaires qui tournent très vite, comme une tondeuse, pour couper l'herbe bien au pied, une herbe relativement haute, puisque le foin est bon à manger : il est mûr, il a de la feuille. Une fois coupée, l'herbe doit sécher au sol, mais pour qu'elle ne pourrisse pas il faut la retourner plusieurs fois avec un râteau. Sur un hectare, on peut le faire à la main, comme les paysans d'autrefois ; mais sur vingt ou trente hectares, ce n'est pas possible.

Pour pallier cette difficulté, on est donc obligé d'avoir recours à une pirouette, une sorte de râteau mécanique qui va retourner le foin derrière le tracteur. Et lorsqu'on aura pirouetté une ou deux fois, selon l'intensité du soleil et le degré d'humidité, aussitôt après (pas dans un mois !) il faudra rassembler toute cette herbe éparpillée sur des hectares et faire ce qu'on appelle des andains. On va ainsi former de grandes lignes de foin sur quarante, cinquante, voire cent mètres de long. La machine qui accomplit ce travail — une andaineuse — ressemble à une pirouette, avec des râteaux qui tournent et envoient le foin se bloquer contre un petit rideau avant de retomber en tas sur le sol, le déplacement du tracteur créant la ligne. Ces andains vont permettre à la dernière machine, qu'on appelle d'un mot anglais, le roundballer, de former des balles de foin de forme cylindrique. L'engin fonctionne un peu sur le principe d'une machine à rouler les cigarettes : le foin prend la place du tabac, et le papier est remplacé par de la ficelle, ou un filet.

En résumé, pour faire son foin, le paysan doit opérer en quatre temps et disposer de quatre machines adaptées coûtant au bas mot deux cent mille francs en tout. Il peut bien sûr économiser en acquérant du matériel d'occasion, mais encore faut-il que celui-ci soit fiable. Pas question de le conduire chez le mécanicien et d'attendre quinze jours pour le récupérer, tout doit être opérationnel le moment venu. Il est donc nécessaire, en outre, que l'exploitant sache entretenir lui-même son matériel, et qu'il en maîtrise bien le fonctionnement. Une faucheuse est un engin performant, mais fragile. Il ne faut pas passer sur les pierres avec, sinon on casse les couteaux. Et chaque soir il convient de les vérifier et de remplacer ceux qui sont abîmés.

Une fois le foin en balles, le travail n'est pas terminé pour autant ! Les balles se trouvent disséminées dans les prairies, mais quinze jours de délai s'imposent avant de les rentrer, pour permettre à la fermentation de s'effectuer sans danger. Une balle de foin pouvant s'enflammer par autocombustion — en raison des oxydations qui se produisent à l'intérieur —, il est préférable qu'elle le fasse en plein champ plutôt que dans la grange ! Les assurances le savent bien, qui mettent en garde les paysans à ce sujet.

Vient le transport des balles. Elles pèsent dans les deux cent cinquante kilos, ce qui nécessite l'emploi d'un tracteur avec un chargeur hydraulique monté frontalement pour pincer la botte et la poser sur un plateau. Encore faut-il disposer d'une grande remorque, surtout pour une trentaine ou une quarantaine d'hectares, sinon on devra multiplier les voyages. Bien entendu, une telle remorque coûte cher, et elle va seulement être utile une semaine dans l'année. Quant à la pince élévatrice pour le tracteur, elle revient, neuve, à presque cinquante mille francs. D'occasion c'est moins, sous la réserve que j'ai déjà exprimée.

Finalement, pour faire les foins, il faut pouvoir investir près de quarante-six mille euros, sans compter le tracteur. Or, en Auvergne, on doit utiliser un tracteur à quatre roues motrices en raison des fortes déclivités, autrement c'est trop dangereux. Un tracteur neuf de ce type peut aller jusqu'à cent cinquante mille euros. Un modèle raisonnable, c'est encore cinquante mille euros ; le même d'occasion se négocie au tiers de cette somme.

Certes il existe des prêts à des taux préférentiels, mais tout dépend de la rentabilité, et il est certain que les jeunes paysans doivent prendre garde à ne pas s'embourber dans des crédits à n'en plus finir.

Si le matériel est bien entretenu, il dure longtemps. Et il est préférable qu'il couche à l'abri ! Encore faut-il avoir des bâtiments pour cela. D'où des frais supplémentaires. Bref, en matière d'élevage, on attendra longtemps avant de pouvoir dire, comme nos aïeux : « Ça a eu payé... »

⁂

Désormais, j'ai pris le parti d'engraisser des animaux en les prenant très jeunes et d'une belle conformation. Je cherche à obtenir le meilleur du possible dans l'efficacité et la constance. Je ne fais pas de concours et si telle côte de bœuf est un peu plus petite qu'une autre ce n'est pas grave. Il n'empêche que cela demande beaucoup d'attention et de soins, car entre le moment où je reçois une bête et celui où elle est prête pour la consommation, il peut s'écouler de deux à trois ans.

En intégrant le Groupement des éleveurs du Pays Vert, je vais pouvoir affiner ma production. Ce groupement nous permet d'élargir le marché de la Salers et d'autres vaches rustiques comme l'Aubrac. Je bénéficie non seulement de ses réseaux commerciaux mais aussi d'un savoir-faire technique qui me permettra de sortir de la phase empirique où je suis encore, même si intuitivement je me débrouille assez bien. Car je tiens à contrôler la façon de faire grossir mes animaux avec des céréales et autres bons produits naturels, et les éleveurs du Pays Vert ont une grande expérience dans ce domaine. De mon côté, je mets mon image à leur service. C'est un bon échange, profitable aux deux parties.

Le pari est difficile mais m'intéresse dans sa double dimension, agricole et environnementale. De ce point de vue, il y a toujours de l'entretien à faire dans la campagne, par exemple des bois à nettoyer pour que les bêtes puissent y accéder aisément. Un bois s'entretient, c'est vivant. Il faut aussi penser à replanter des feuillus, parce que pendant des années on n'a mis que des résineux, par souci de rentabilité. Les pins et les conifères ont été jetés à terre par la tempête de décembre 1999, alors que les feuillus ont mieux tenu le choc, leurs racines étant plus profondes. C'est dans ces bois que pour la première fois, un matin de septembre, j'ai vu une vache faire son veau, le plus naturellement du monde, devant moi...

X

AU CŒUR DE BLESLE BAT LA BOUGNATE

En choisissant d'élever des animaux pour la qualité de leur viande, j'avais plus ou moins consciemment l'idée d'ouvrir un jour un restaurant où l'on pourrait déguster les produits de cet élevage. Je ne pouvais pas me satisfaire de déclarer à qui voulait l'entendre que mes Salers donnaient une viande de tout premier ordre si je n'étais pas en mesure de le démontrer. Une musique il faut l'entendre, un livre il faut le lire, une viande il faut la goûter !

À vrai dire, je ne songeais pas concrètement à l'affaire. Passer un accord avec un restaurant ? Pourquoi pas, mais lequel ? Et où ? Par nature, j'ai un penchant pour les circuits courts. Lorsque c'est possible, j'estime qu'il est préférable de rapprocher les producteurs des consommateurs. C'est simple, logique, les gens savent ce qu'ils achètent, la fraîcheur est mieux assurée, la transparence devient totale et les prix s'en ressentent dans le bon sens. Seulement ouvrir un restaurant est une aventure à part entière qui demande à être mûrement réfléchie. L'investissement est lourd et il faut beaucoup de temps pour s'en occuper.

J'en étais seulement au début de ma réflexion sur ce projet lorsque le hasard s'en est mêlé, une fois de plus, par le biais d'une vieille pompe à essence située à Blesle.

Il y avait là un bistrot plutôt minable installé à la place de ce qui avait été autrefois un petit hôtel-restaurant convivial tenu par M. et Mme Chassignard. Je ne sais pas comment on y mangeait, mais de leur temps il y avait toujours plein de monde. L'établissement se trouvait à l'extrémité des remparts, juste avant l'emplacement de l'ancien pont-levis de l'abbaye, aujourd'hui disparu. Et en vis-à-vis, une pompe à essence tout aussi minable faisait partie de l'affaire. Elle jouxtait la maison d'un grand médecin parisien que j'aimais beaucoup, un descendant de la famille du célèbre écrivain patriote Maurice Barrès.

Cette pompe était son cauchemar depuis vingt ans. Non seulement elle faisait injure à l'environnement, mais elle était une source constante de nuisances. Ça puait le gasoil dans toute sa maison, et en été il ne pouvait pas dormir la fenêtre ouverte. C'était d'autant plus stupide qu'il existait déjà une station à l'entrée du village, à un kilomètre de là, ce qui n'est pas grand-chose en voiture.

Le cher professeur avait tout essayé, épuisé tous les recours, fait jouer toutes ses relations — il n'en manquait pas —, mais en vain. C'était une affaire « très délicate », il ne fallait surtout pas froisser les susceptibilités de l'un ou de l'autre, et ainsi de suite.

Comme le professeur se désolait de la situation, je lui fis un jour remarquer :

— Vous savez, à mon avis, il n'y a qu'un moyen pour vous débarrasser de la pompe : c'est d'acheter les murs du local. Une fois propriétaire des murs, vous pourrez virer la pompe en toute tranquillité. C'est aussi simple que ça !

Il m'écoutait, intéressé, mais je voyais bien qu'il gardait un fond de scepticisme. Ça lui paraissait trop beau, trop facile surtout, pour être vrai. De mon côté, n'ayant rien à perdre dans l'aventure, je l'ai abordée avec la détermination que je me suis forgée jour après jour à Védrines.

Le local comme le bistrot constituaient une seule et même affaire appartenant toujours à Mme Chassignard. On m'avait prévenu : « Oh là là, elle va t'envoyer promener, tu vas voir ! » Comme je me disposais à venir chez elle, je la rencontrai dans la rue.

— Bonjour, madame. Excusez-moi de vous aborder de cette façon, mais tout le monde m'a dit que vous allez m'envoyer sur les roses. Ça ne fait rien, je viens quand même vous voir parce que j'ai une proposition à vous faire...

Elle s'est mise à rire ! C'était une femme bien, autoritaire mais avenante. Avec son mari, ils formaient un couple qui suscitait la sympathie.

— Madame Chassignard, ne voudriez-vous pas me vendre les murs de votre affaire ?

Elle a relevé la tête pour me regarder, car elle était plus petite que moi, j'ai vu un éclair de malice passer dans ses yeux et elle m'a répondu avec un grand sourire :

— Bon ! Alors à vous je les vendrai, pour deux raisons : d'abord, vous me paierez... et ensuite c'est vous qui aurez les emmerdements !

— Je veux bien. Je prends le tout !

Cette fois, elle riait de bon cœur. On s'est mis d'accord et elle m'a vendu les murs.

Nous avions acheté des vieilles pierres, mais l'endroit devait revivre.

Quand nous sommes sortis de chez le notaire, Françoise m'a posé la question de confiance :

— Alors que fait-on, maintenant ?

— On vire la pompe ! lui ai-je répondu sur le ton de l'évidence.

Je m'étais lancé dans l'aventure à cause de cette pompe, il fallait d'abord terminer la croisade avant de songer à passer à autre chose. On a donc viré la pompe et, depuis, plus personne n'en parle ! Le professeur était, quant à lui, le plus radieux des hommes. Il n'arrivait pas à y croire.

— Vous avez réussi !

— Il y a eu un petit investissement quand même, mais au moins j'ai fait un heureux...

— Je n'espérais pas voir ça de mon vivant !

Quelques jours plus tard, le professeur m'adressait à Houdan, en date du 16 octobre 1996, huit alexandrins sur quatre rimes en guise de remerciements personnels. Je n'ai pas résisté au plaisir d'encadrer cette lettre qui venait du cœur et de l'afficher au mur de La Bougnate, entre le salon et le bar. Car c'est à mourir de rire !

Les héros d'autrefois, à leurs noms glorieux
Ont voulu ajouter les ors et les lumières.
Rien de trop beau pour eux : les palais
somptueux,
Les honneurs les plus fous ; les peuples en prière
Adoraient leur idole et portaient leur tribut.
En te croyant comme eux, cher Gérard, on se
trompe ;
Modeste et bienveillant, te suffit la vertu.
Loin de la rechercher, tu as détruit la pompe !

***

Maintenant, c'était au tour de Françoise de monter en première ligne. Comme je l'ai déjà dit, j'ai les idées, je trouve les financements, et ensuite elle s'occupe de tout. Cette fois-ci, elle était dans son élément. Françoise a fait Charpentier, une école de peinture renommée qui forme également à l'architecture. Françoise peint — il y a plein de tableaux d'elle à la maison comme à La Bougnate — ou plutôt elle peignait, car avec tout ce qu'elle a à faire, elle n'a pratiquement plus le temps de sortir ses pinceaux.

Françoise s'est donc mise à l'ouvrage. Elle y a réfléchi pendant un an, vivant avec le projet comme on porte un enfant. Pendant douze mois elle a tout mesuré, les volumes, l'épaisseur des murs, tout envisagé sur place, dressé un bilan exact des lieux et établi les plans précis, au millimètre près, de ce qui allait devenir La Bougnate, telle qu'elle existe aujourd'hui.

Quand tout a été bien arrêté, nous avons pris un architecte diplômé pour demander les permis de construire, mais Françoise a gardé la maîtrise du chantier durant les travaux. Elle connaissait en effet toutes les contraintes, tous les pièges, car elle avait poussé le souci du détail jusqu'à faire en sorte que, par exemple, le lit de la chambre n° 5 ne soit pas contre les toilettes de la chambre n° 6. Elle a calculé la moindre chose pour que les gens dorment parfaitement, qu'ils puissent vraiment se reposer en venant ici.

Elle a prévu douze chambres différentes les unes des autres, huit dans le bâtiment principal qui englobe la dernière tour des remparts, et quatre en face, dans ce qui avait été le local de la fameuse pompe par laquelle tout était advenu.

Les travaux ont duré un an. Tout a été repris de fond en comble, du niveau du sol jusqu'à la toiture qui a été remontée pour gagner la hauteur nécessaire à l'aménagement des chambres. Naturellement, il a fallu installer des sanitaires qui n'existaient pas, mettre l'électricité partout. Les caves sur trois niveaux étaient insalubres, ce sont aujourd'hui des cuisines modèles... Là où il n'y avait rien, Françoise a fait une œuvre qui lui ressemble.

Le chantier était extraordinaire à fréquenter, parce qu'elle a su y faire régner une exceptionnelle bonne humeur. La trentaine d'artisans locaux qui y travaillaient, maçons, plombiers, électriciens, menuisiers, couvreurs, tous corps de métiers confondus, sont devenus de vrais copains qui continuent à bosser ensemble depuis lors.

Pendant tout ce temps, Françoise s'est partagée entre La Bougnate, où elle passait trois jours par semaine, et Houdan. Elle partait seule au volant de sa vieille Peugeot diesel dont le compteur a affiché plus de cinquante mille kilomètres supplémentaires cette année-là. Je la trouvais bien courageuse, la femme de ma vie !

Sur place, Françoise était secondée par un garçon extraordinaire dont j'ai déjà parlé à propos de Védrines, Yvon Foully, qui est devenu un véritable ami. Mais il a d'abord fallu l'apprivoiser. Le gaillard ne se laissait pas approcher comme ça.

Quand j'avais pris la ferme, je cherchais un homme de confiance pour rendre les lieux habitables. J'avais repéré Yvon — que je ne connaissais pas encore — juché sur le toit de l'église, au sommet d'un échafaudage, occupé à restaurer un cadran solaire en stuc à la manière ancienne, un travail très difficile à exécuter. Nous habitions à cette époque la petite maison place de la mairie, près de l'église. De nos fenêtres, Françoise et moi observions l'avancée des travaux, semaine après semaine. Sans nous concerter, nous étions tous deux impressionnés par le soin que cet homme portait à son ouvrage, et la précision avec laquelle il semblait maîtriser les techniques employées. Tous les jours, je passais un moment à le regarder travailler. Un matin, il m'a proposé de monter. Alors je suis monté. Je lui ai dit bonjour et j'ai vu de plus près. C'était vraiment bien fait. Je suis revenu une fois, deux fois... et Françoise est montée à son tour. Puis Yvon est descendu. On s'est mis à discuter comme ça, au débotté. On a rediscuté, on est remontés, et une fois je lui ai lancé :

— Il faut que tu te mettes à ton compte.

— Ça va pas, non ? J'ai quarante-cinq ans !

Il a quand même fini par le faire. Comme il ne veut pas être milliardaire, il a choisi ce qu'il y a de plus petit. « Ça me va très bien comme ça, m'a-t-il confié, ici il y a plein de travaux à faire partout et ça me suffit. » Je l'avais sollicité pour Védrines, mais il ne m'avait répondu ni oui, ni non. Je n'avais pas insisté.

Au début de l'hiver, nous étions rentrés à Houdan depuis un bon moment lorsqu'on nous a appelés de Védrines.

— Il y a là un type qui est arrivé ce matin avec des engins de chantier. Il est en train de s'installer dans la cour, et il prétend que vous êtes au courant !

Il nous a fallu quelques secondes pour comprendre que c'était Yvon. Il avait pris sa décision : finalement, c'était oui. Depuis, il n'a pas changé de méthode, c'est toujours lui qui décide quand il vient, et ce qu'il fait ! C'est un artisan hors pair, qui restaure les maisons avec patience, intelligence, savoir-faire et imagination, plus une touche d'humour.

Yvon est un garçon vraiment exceptionnel. Avant d'être maçon, il fut routier. Il fait de l'aquarelle, un don qu'il tient de sa mère, professeur de dessin et de piano. Et cet être cultivé ne s'est pas contenté des parpaings et du ciment : il s'est également donné la peine de suivre des cours à Avignon pour apprendre à travailler la chaux, les enduits et les stucs à l'ancienne. Le grand mur de la ferme qu'il a entièrement remonté ne tranche pas avec le corps de bâtiment : on jurerait, à le voir, qu'il est au moins centenaire. J'aime aussi la dimension philosophique qu'il donne à son existence. Un jour, il m'a confié : « Tu sais, les affaires, ça se murmure. » Sur le plan humain, cela fait partie de nos belles rencontres.

À La Bougnate, il a fait des merveilles. Il est certain que Françoise a trouvé en lui un interlocuteur à qui parler frises, fresques et autres éléments de décoration. Tous deux ont la même façon d'envisager les choses, et Yvon nous a ramené des gens de métier qui pensaient comme lui.

Durant les travaux, il habitait dans notre maison, place de la mairie, et rentrait au Puy le week-end pour rejoindre sa compagne. À la ferme, le soir, sur la table, il dessinait des pochoirs.

— Ça, c'est peut-être pas mal, disait-il.

— Il faut qu'on essaye tout de suite, répondait Françoise.

Nous filions aussitôt dans une pièce voisine faire des essais de frises et de stucs sur le grand mur. Je tirais le couteau, lui tartinait et, avec Françoise, ils mettaient les couleurs...

— Ah, non ! Ce n'est pas bien, ça ne va pas du tout !

Et nous recommencions. Je les laissais faire sans rien dire. C'étaient eux, les artistes, moi je ne faisais que les assister. Le mur témoin porte encore la trace de tous ces essais.

La Bougnate a été entièrement conçue comme ça : chaque chose, chaque détail a été pensé. Si toutes les chambres sont différentes, tous les laits de chaux le sont également, ainsi que les dessus-de-lit et les courtepointes. Le même souci a prévalu pour la boutique d'en face et les objets que Françoise diffuse.

Elle a dessiné elle-même chaque meuble, chaque applique, qu'elle a fait exécuter dans des essences variées à Madagascar.

Là encore, nous avons vécu une aventure dans l'aventure. Comme toujours, le doigt du destin ne cessait de nous guider. L'été, nous avons rencontré un ébéniste français installé à Madagascar et venu passer ses vacances avec sa femme dans le village de celle-ci. Nous étions en plein chantier, Françoise leur a montré ses dessins. Le courant est passé. Ils ont proposé de réaliser le mobilier dans des essences de là-bas. Une collaboration s'est aussitôt instaurée.

Ils ont exécuté ce que Françoise dessinait, et livré à la date fixée des meubles magnifiques, entièrement faits main, arrivés par container après quatre semaines de mer, plus une semaine de douane et de transport. Là aussi, il a fallu tout prévoir, car à Madagascar le climat est chaud et humide, tandis qu'ici il est sec. Le bois destiné à la fabrication de nos meubles a donc dû être étuvé deux mois avant utilisation. Chaque détail avait été soigneusement planifié. Les journées n'avaient pas trop d'heures...

À la fin du chantier, le résultat s'est révélé en tout point conforme à nos espérances. Aujourd'hui, tous ceux qui viennent à La Bougnate nous disent comme ils se sentent bien dans ces lieux, sans savoir exactement pourquoi. Il est vrai que l'endroit est admirablement situé, que Françoise a eu les bonnes idées, les bons coups de crayon, les bonnes intuitions pour les volumes au bon moment, mais aussi et surtout, elle a su faire en sorte que les artisans s'entendent parfaitement et travaillent la main dans la main. Qu'on le veuille ou non, ça se sent. La Bougnate porte dans ses murs la paix, le repos et la joie.

Sur le chantier — et les photos que Françoise a accrochées aux murs du salon-bibliothèque et de la salle de restaurant en attestent —, on riait beaucoup. Chose exceptionnelle, personne n'a jamais fait de vacherie à personne. Le plâtrier arrivait, l'électricien faisait son travail et, quand il repartait, le plâtrier ne rebouchait pas les prises comme c'est souvent le cas, parce qu'il n'a rien à foutre du travail de l'électricien. C'est ainsi, à coup sûr, que les cathédrales ont été construites : dans le respect des autres, l'émulation commune et le goût de la belle ouvrage.

Ceux qui ont travaillé avec nous en ont gardé un si bon souvenir qu'ils se retrouvent sur de nouveaux chantiers. Ils ont tous compris qu'on pouvait bosser autrement. Jadis, le métier faisait partie de la vie. Maintenant, on est en train de nous dire qu'il y a la vie d'un côté et l'activité professionnelle de l'autre. Je ne le pense pas.

*
**

Très vite, La Bougnate a pris son rythme de croisière. Nous avons voulu un personnel jeune, dynamique, sympathique, des visages ouverts. Peu à peu, un cœur s'est mis à battre au centre du village. Il y a aujourd'hui beaucoup de passage, énormément de gens qui n'étaient jamais venus en Auvergne et qui ne connaissaient pas Blesle y font halte, heureux de pouvoir déguster la viande de Salers. Nous recevons des manifestations de sympathie constantes de la part d'une clientèle aussi souriante que notre personnel.

Blesle est un pays très privilégié, au cœur d'une région qui cumule tous les atouts pour les loisirs, la randonnée, le tourisme, l'environnement, l'écologie, à condition que des décisions soient prises au bon moment par les responsables et par ceux qui aiment cette terre d'exception. Il suffirait que les habitants prennent pleinement conscience des privilèges dont ils jouissent. Moi qui ai la chance de me rendre dans de nombreux pays, chaque fois que je reviens ici, que ce soit des États-Unis ou de n'importe quel autre point du globe, je me dis que c'est mieux. C'est différent, sans doute, mais à choisir je préfère être là.

Là, pour retrouver la nature et les bêtes, éviter de me prendre pour un acteur et, surtout, donner corps à de futurs projets : il faut toujours avoir un rêve d'avance.

Table

Composition réalisée par EURONUMÉRIQUE

Imprimé en France sur Presse Offset par

BRODARD & TAUPIN

GROUPE CPI

La Flèche (Sarthe).
N° d'imprimeur : 18466 – Dépôt légal Éditeur 32399-05/2003
Édition 01
LIBRAIRIE GÉNÉRALE FRANÇAISE - 43, quai de Grenelle - 75015 Paris.
ISBN : 2 - 253 - 15513 - 6

31/5513/2